書下ろし

蜻蛉《かげろう》の理《ことわり》

風烈廻り与力・青柳剣一郎㊼

小杉健治

祥伝社文庫

目次

浅草田原町
古着屋『奈良屋』
上野新黒門町
質屋兼両替商『難波屋』
寛永寺
浅草寺
不忍池
湯島天神
神田明神
小石川御門
新堀川
吾妻橋
鳥越神社
三味線堀
神田川
八辻ヶ原
筋違橋
回向院
両国橋
江戸城
北町奉行所
常盤橋
八丁堀
霊岸島
新大橋
大川
永代橋
深川
南町奉行所
数寄屋橋
鉄砲洲稲荷
富岡八幡宮
増上寺

「蜻蛉の理」の舞台

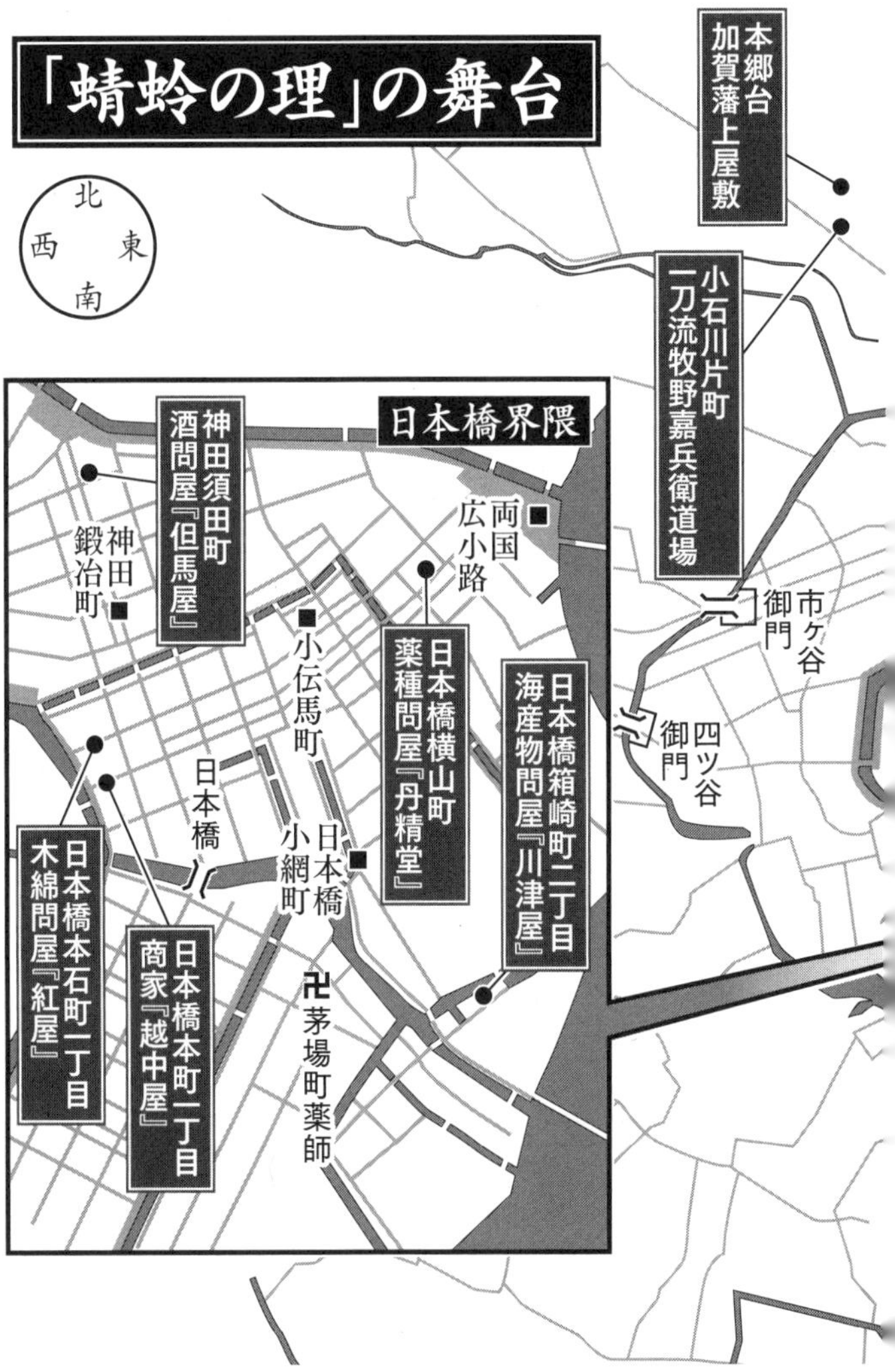

北
西
東
南
本郷台加賀藩上屋敷
小石川片町一刀流牧野嘉兵衛道場
市ヶ谷御門
四ツ谷御門
日本橋界隈
神田須田町酒問屋『但馬屋』
神田鍛冶町
両国広小路
小伝馬町
日本橋横山町薬種問屋『丹精堂』
日本橋箱崎町二丁目海産物問屋『川津屋』
日本橋
日本橋小網町
日本橋本石町一丁目木綿問屋『紅屋』
日本橋本町一丁目商家『越中屋』
茅場町薬師

第一章　先駆け

一

日本橋本石町《にほんばしほんこくちょう》一丁目の木綿問屋《もめんどんや》『紅屋《べにや》』の主人は、残暑の寝苦しさにふと目を覚ました。生暖かい夜風が寝間に吹き込んでいた。

枕元の有明行灯《ありあけあんどん》の明かりに照らされ、障子《しょうじ》に何かの黒い影が浮かび上がった。主人ははっとして体を起こした。大柄な男とふたりの細身の男が立っていた。三人とも、顔を黒い布で覆《おお》っている。

「騒ぐな」

いきなり大柄な男が飛びかかり、匕首《あいくち》の切っ先を主人の喉《のど》元に突き付けてきた。くぐもった声が無気味《ぶきみ》に響いた。

内儀《ないぎ》も目を覚ました。

「あっ」

と短く叫び、体を起こした。

「静かにしろ」

細身の男ふたりが、内儀を縄で縛《しば》り、猿ぐつわをかませた。

「土蔵の鍵《かぎ》を出せ」

大柄な男が主人に命じた。

「鍵……」

「ぐずぐずするな」

「鍵は番頭だ。土蔵のことは番頭に任せているんだ」

主人は恐怖におののきながら言う。

「よし、番頭のところに案内しろ」

「奉公人が気づいて騒いだら……」

「心配ない。女中や下働きの者はみな縛り上げてある」

「えっ」

「さあ、行くんだ」

大柄な男に命じられ、主人は寝間を出た。

戸締りはちゃんとしたのにどうやってこの連中は入り込んだのか。不審に思いながら、店の帳場の近くにある番頭の部屋に向かった。

「妙な真似《まね》をしたら命はない」

大柄な男は匕首を主人の脇腹に突き付けている。

部屋の前で、主人は声をかける。

「番頭さん」

しばらく経《た》って、もう一度呼びかける。

「番頭さん」

「ただいま」

あわただしく起き上がる気配がして襖《ふすま》が開いた。

「すまないが、土蔵の鍵を出してくれないか」

寝ぼけ眼《まなこ》の番頭に言う。

「土蔵の鍵？　こんな夜更《よふ》けに何を……」

「早く出せ」

男が番頭の喉に匕首を突き付けた。番頭は竦《すく》み上がった。

「番頭さん。言うことをきくんだ」

主人は番頭に言う。

「はい」

番頭は震える手で部屋の引き出しを開けて、鍵をとりだし、賊に渡した。

番頭ともども引き立てられるように寝間に戻ると、細身の男がいきなり主人を縛り、猿ぐつわをかませた。

大柄な男は番頭を連れて部屋を出た。土蔵に向かったようだ。それから、細身の男ふたりも出て行った。

主人は縄目を緩《ゆる》めようと体をひねり、手首をまわしたが、無駄だった。

しばらくして、庭のほうからくぐもった悲鳴が聞こえた。何かが倒れる物音も。

「まさか」

そのとき、誰かが駆けつけてきた。

「旦那《だんな》さま」

廊下から声がした。

猿ぐつわをかまされたまま、主人は唸《うな》り声を発した。

手代が部屋に入ってきた。

「あっ」

手代はあわてて主人の猿ぐつわをはずして縄を解《と》いた。賊は二階までは行かなかったのだろう。

「押し込みだ。すぐに自身番《じしんばん》に」

「はい」

手代は飛び出して行った。

主人は内儀の縄を解いた。

別の手代がやって来たので、

「女中たちの縄を解いてやるのだ」

と言い、手燭《てしょく》を持って庭に出た。まだ風は強い。

番頭が倒れていた。駆け寄ると、すでに息絶えていた。

土蔵の扉は開いたままだった。

土蔵に入ると、足元に何かあった。手燭で照らした。置き文《ぶみ》だった。

〈陽炎参上《かげろうさんじょう》〉

そう認《したた》めてあった。

二

昼過ぎから吹き出した強い風は、夜になっても止《や》む気配はなかった。が、夜が更けるにしたがい徐々《じょじょ》に弱まってきた。それでもまだ、ときおり吹く強い風に家々の雨戸が激しく音を立てている。軒下《のきした》に吊るしてある風鈴《ふうりん》もただうるさいだけで、風に転がされたのか、道の真ん中には枯《か》れかけた朝顔の植木鉢が転がっていた。

風烈廻《ふうれつまわ》り与力《よりき》の青柳剣一郎《あおやぎけんいちろう》は、同心《どうしん》の礒島源太郎《いそじまげんたろう》と大信田新吾《おおしだしんご》と共に見廻りに出ていた。神田須田町《かんだすだちょう》から本石町の大店《おおだな》の塀が続いている裏通りにまわる。

雲の流れは速い。ときおり雲が切れて月が顔を出す。月影が射《さ》すと、辺《あた》りはさっと明るくなるが、光の届かない塀際は漆黒《しっこく》に塗りこめられている。

ふと斜め前方の塀際の暗がりに黒い影が佇《たたず》んでいるような気がし、剣一郎は立ち止まって目を凝《こ》らした。すると、微《かす》かに地を擦《す》るような音が聞こえた。塀沿いを表通りに向かって走って行ったようだ。

「青柳さま、どうされましたか」

源太郎が緊張した声できいた。

「そこの塀際を何かが走って行った」

「見てきます」

すぐに源太郎と新吾は駆けだした。

剣一郎は塀際の黒い影を見た辺りに近づいた。その付近を探ったが、不審なものは残っていなかった。どうやら火付けを試みたのではないようだったので、安《あん》堵《ど》した。

ふたりが戻ってきた。

「通りまで行ってみましたが、何も見当たりませんでした」

源太郎が口にした。

「そうか」

気のせいだったか。

風の強い日は不始末による火事に注意するだけでは足りない。付け火をする不《ふ》逞《てい》の輩《やから》が現われないとも限らないのだ。火を見て喜悦《きえつ》を覚える者もいるし、火事を起こしてそのどさくさに紛《まぎ》れて盗みを働こうとした例もある。それだけでなく、火事後の普請《ふしん》で大儲《もう》けをしようと企《たくら》む不届き者もいた。大火からの復旧のために材木屋、大工、畳屋などはいっきに仕事が増えるのだ。

警戒し過ぎていたために、何かが風で飛ばされただけなのを不審に思ってしまったのかもしれない。

塀に目をやって、裏口があるのに気づいた。剣一郎はそばに行き、念のために戸を押してみた。すると、戸は微《かす》かな音をたてて開いた。

「鍵がかかっていない」

剣一郎は首を傾《かし》げた。

「ここは『紅屋』の裏だな」

ふたりにきいた。

「はい。木綿問屋の『紅屋』です」

源太郎が土蔵の印を見て言う。

「気になる。ここにいてくれ。わしは表にまわってみる」

剣一郎は長い塀をまわって通りに出て店の正面にやって来た。ちょうど同心らしき侍《さむらい》が、潜《くぐ》り戸をあわてて入って行くところだった。

「何かあったのか」

剣一郎は声をかけた。

「これは……南町《みなみまち》の青柳さまで」

振り向いた細身の同心が剣一郎を見て会釈《えしゃく》をした。北町《きたまち》配下の同心だった。面《おも》長《なが》で、目がつり上がっている。

「押し込みです」

「押し込み？」

「はい。この一件は北町が掛かりとなります。急いでおりますので、失礼します」

同心はあわただしく『紅屋』に入って行った。

「今のは？」

剣一郎はそばにいた小者らしい男にきいた。

「定町廻《じょうまちまわ》り同心の室谷伊之助《むろやいのすけ》さまです」

あとから続々と、奉行所の者が駆けつけてきた。すでに北町が取り仕切っているようでは、剣一郎は中に入ることは出来ない。

いったん、裏手に戻った。

「何か塀の中が騒がしいようですが」

裏口で待っていた源太郎が、不審そうにきいた。

「押し込みが入ったそうだ。北町が駆けつけている」

「押し込みですか」

源太郎は驚いたような顔をした。

再び剣一郎ら一行が表通りに出たとき、南町定町廻り同心の植村京之進《うえむらきょうのしん》が小者を引き連れて駆けつけてくるのに出会った。

「『紅屋』に向かうのか」

「押し込みのことをどうして?」

京之進が訝《いぶか》しげにきいた。

「すでに北町が仕切っている」

「えっ」

京之進が目を見開いた。

「どうした?」

「また、です」

京之進が憤然《ふんぜん》と言う。

「何がまたなのだ?」

「半月前、横山町《よこやまちょう》の薬種《やくしゅ》問屋『丹精堂《たんせいどう》』に押し込みが入りました。知らせを聞いてすぐに駆けつけたのですが、その時もすでに北町が」

「来ていたのか」

　剣一郎は不思議そうにきいた。

「はい。あのときはたまたま懇意《こんい》にしているお方を下谷《したや》にある屋敷に訪ね、帰宅が遅くなりました。その帰り道、横山町に差しかかったとき、木戸番の男が駆けてくるのに出会ったのです。『丹精堂』の様子がおかしいとのことで」

　京之進は訴えるように言い、

「それで、急いで駆けつけたものの、すでに北町が来ていたのです。これで、先を越されたのは二度目です」

　と、悔しそうに顔を歪《ゆが》めた。

「今夜は?」

「はい。この風ですので、私も夜廻りを。そこに、本石町の自身番の者が奉行所に向かう途中、私を見つけて訴えてきたのです。『紅屋』の奉公人が押し込みが引き上げたあと、自身番に駆け込んだそうです」

「押し込みが引き上げて、それほど経っていないのか」

「はい」

「そうか」

「ともかく、『紅屋』に行ってみます」

「明日、様子を知らせてもらいたい」

「はっ。わかりました。では」

京之進は『紅屋』に急いでいった。

夜通し強風は吹き荒れ、ようやく風が収まってきたのは明け方近くになってからだった。剣一郎はいったん八丁堀《はっちょうぼり》の屋敷に帰り、一刻（二時間）ほど仮眠をとって、奉行所に出仕《しゅっし》した。


奉行所に着いて、剣一郎は与力部屋に京之進を呼んだ。

すぐに、京之進がやって来た。屈託《くったく》がありそうな表情をしている。半月前、昨夜と、二度も北町に先を越されたことが、胸のわだかまりになっているのだろう。

「『紅屋』の被害は？」

さっそく、剣一郎はきいた。

「番頭が殺されて、千両箱がひとつ盗まれたそうにございます」

「人死にが出たのか」

「はい。寝入りばなに賊が侵入し、家族、奉公人を縛りあげたとか。賊に脅《おど》されて、番頭は鍵を使って土蔵を開けたようです。賊は金を盗んでから逃げる段になって、番頭を殺しました。一味に侍がいるようで、番頭は袈裟懸《けさが》けに斬《き》られていたとか」

「一味の手掛かりは?」

「『丹精堂』の押し込みと同じ手口のようです」

「『丹精堂』の被害はどうであった?」

「千両箱が盗まれましたが、死者はいませんでした。主人が素直に土蔵の錠前《じょうまえ》を開けたところ、それ以上は何もされなかったと」

「『紅屋』も番頭が土蔵を開けているのではないか」

「土蔵の鍵を開けたあと、何かあったのかもしれません」

そう言ってから、京之進は首を傾げ、

「どうしても解《げ》せません。なぜ、北町はあんなに早く、現場に駆けつけられたのか」

「うむ」

二度も遅れをとったことに、京之進は悔しさを滲《にじ》ませた。

剣一郎は気になっていたことがある。『紅屋』の裏口で見た黒い影だ。何者かが暗がりから逃げ去ったように見えた。

ちょうど裏口の戸に鍵はかかっていなかったのだ。その者は塀の中から出て来たものと思える。

あの者は押し込み仲間で、最後に逃げて行ったひとりであろうか。

そうすると、押し込み一味の最後の者が裏口から逃げたのと入れ違いに北町が駆けつけたことになる。それとも、黒い影は剣一郎の錯覚だったのか。

「青柳さま」

京之進が声をひそめ、

「北町は、『紅屋』に押し込みがあることをはじめから予期していたとしか思えません」

「駆けつけるのが早過ぎるからか?」

「その通りです。あまりに早い」

京之進は納得いかないようだ。

「しかし、あらかじめ知っていたら押し込みを防げたはずだ。知っていたのに捕り逃がしたのなら、北町はしくじったことになってしまう」

剣一郎は鋭《するど》く言う。

「確かに、そうなります」

「それに、昨日の件は推《お》し量《はか》ることが出来ないこともない」

「と、仰《おっしゃ》いますと？」

「賊は『丹精堂』から千両箱を盗むことに成功した。そのことに味をしめ、さらにもう一度、どこかを襲うかもしれないと北町は考えた。狙《ねら》いは日本橋周辺の大店ではないかと見当《けんとう》をつけ、その近辺に見張りをつけていた。そして、昨夜の強風だ。風に乗じて押し込みを図るに違いない……。そういう読みをしていて、それがずばり当たったということも考えられる」

「…………」

「もちろん、なぜ押し込みを繰り返すと思ったのか、なぜ日本橋周辺だと思ったのか。そう考えた根拠はもっと他にあるかもしれないが、それぐらいの予想を立てることが出来る男が北町にはいる」

「……与力の水川秋之進《みずかわあきのしん》さまですね」

「そうだ。水川どのならそこまで考えが及んでもおかしくない」

水川秋之進は三十過ぎの当番方《とうばんかた》の与力である。世間からの評価は高く、新進気鋭として名高い。

「でも、水川さまは当番方の与力です。事件の探索は定町廻り同心の役目」

当番方は奉行所の玄関脇にある当番所で庶民の請願を受け付け、当直や宿直《とのい》などを行い、捕物出役や検使なども務める。だいたいが新参の与力が務める役である。

「水川どのはあれほどの才覚がありながら、なぜ当番方にいるのか。様々な役割を担《にな》い、定町廻りや他の同心を助けるためではないのか」

ふつうに考えれば、秋之進ほどの男が当番方にいるのは解せない。しかし、当番方にいれば自由に動けるという利点がある。

秋之進の洞察力や物事を推し量る力を生かそうと、あえて当番方に置いているのではないか。

剣一郎も風烈廻りの掛かりであるが、難しい事件が起きて、定町廻り同心の探索が捗《はかど》らないとき、手を貸している。

いくつもの難事件を解決に導いてきた剣一郎は、若い頃に受けた左頰《ほお》の傷《きず》が痣《あざ》となって残っていることから、青痣与力と呼ばれ人々から尊敬を集めていた。

おそらく、北町では水川秋之進をそのような存在に仕立てようとしているのだろう。否《いな》、秋之進の場合には、剣一郎への敵愾心《てきがいしん》から自ら進んでその役を引き受けているのかもしれない。

一時、秋之進がいかに優《すぐ》れた与力であるかを、瓦版《かわらばん》や噂《うわさ》などが持て囃《はや》していた。これからは青痣与力に代わって水川秋之進が江戸の人々を守っていく——そのような話が広まっていった。最近は、そのような世間を惑わすような風評は耳にしなくなったが、北町が秋之進を青痣与力に代わる英雄に仕立てようとしていることは感じられ、秋之進自身もそうなるべく動いているように思える。

「なぜ、水川どのがこの件に首を突っ込んでいるのかわからないが、おそらく、水川どのの見立てが今回も生きたということであろう」

「そうですか」

「ただ、前回の押し込みをもとに今回の押し込み先を読むことは出来るだろうが、最初の『丹精堂』の一件では何の手掛かりもなかったはずだ。どうして、逸《いち》早《はや》く現場に駆けつけることが出来たのか」

剣一郎は疑問を呈《てい》し、

「ひょっとしたら、押し込みの兆候が何らかの形で、水川どのに届いていたのかもしれぬ。水川どのには有能な密偵《みってい》がいて、その者が押し込みに関して何かをつかんできたということもありうる」

「北町は盗《ぬす》っ人《と》の正体に心当たりがあるということですね」

京之進が唖然《あぜん》としていう。

「そのように思える。まあ、この件に関して北町が先行するのは仕方あるまい。そなたはいたずらに悔しがらずともよい」

「はい」

「ただ、引き続き北町の同心に探りを入れてみてはどうだ」

「はい。そうしてみます。おかげで少しは気分が楽になりました。ありがとうございました」

京之進は与力部屋を下がった。

入れ代わるように、見習いの若い与力がやってきた。

「宇野《うの》さまがお手透《です》きのときにお出《で》でくださいとのことでございます」

「わかった、すぐ伺《うかが》う」

「はっ」

見習い与力は引き上げた。

剣一郎は立ち上がって年番方与力《ねんばんかた》の部屋に赴《おもむ》いた。

文机《ふづくえ》に向かっていた宇野清左衛門《せいざえもん》は、剣一郎が声をかけると、

「向こうへ」

と、厳《いか》めしい顔で立ち上がった。

清左衛門は金銭面も含めて奉行所全般を取り仕切っている南町奉行所一番の実力者である。

剣一郎は清左衛門と隣の部屋で差し向かいになった。

「大坂《おおさか》の奉行所に『堺十郎兵衛《さかいじゆうろうべえ》』という商家の調べを再度依頼したが、やはりそのような商家は存在せず、昔にさかのぼってもないという返事が昨日届いた」

「そうですか。二度に亘《わた》って調べてもらっても見つからないのは、『堺十郎兵衛』なる商家はないのでしょうか」

剣一郎は首を傾げた。

「どうもそのようだな。まだ引き続き調べてみると記されていたが、二度も同じ返事だったのだ。もう見つからないと考えた方がよいだろう」

加賀《かが》藩前田《まえだ》家から将軍家に献上された反物が、江戸城内の御宝蔵から盗まれた

一件を、剣一郎が暴《あば》いた。献上品には将軍家を貶《おとし》める細工がなされており、それ以降剣一郎は事件の背後にうごめく暗い闇を追っていた。

加賀藩前田家の城下町、金沢《かなざわ》に『難波屋《なにわや》』という質屋兼両替屋がある。この『難波屋』の出店が上野《うえの》新黒門町《しんくろもんちょう》にあった。

本店の『難波屋』は大坂の『堺十郎兵衛』という商家の娘が嫁《よめ》にきてから、店が大きくなったという。

『難波屋』は加賀藩前田家にかなりの金を貸し出しており、真偽《しんぎ》のほどは定かではないが、その見返りに自分の娘を加賀藩お世継ぎの正室に企んでいるという噂を知った。その『難波屋』の後ろ楯《だて》だという『堺十郎兵衛』とはいったい何者なのか。

剣一郎は『堺十郎兵衛』について知りたく、清左衛門に頼んで大坂の奉行所に調査を依頼した。

最初の返事は、そのような店は聞いたことがないというものであった。納得いかずに、再度の調べを依頼したという経緯だった。

剣一郎は腑《ふ》に落ちない何かを感じていた。

「もしや、二つの屋号を持っているのでは？」

「二つの屋号？」

「はい。正式な屋号とは別に『堺十郎兵衛』なる名を持って、使い分けているのではないでしょうか」

「なぜ、そのような面倒なことを……」

清左衛門は口にする。

「何かを隠すためか……。しかし、気になるのです」

「しかし、これ以上は無駄だろう」

清左衛門は首を横に振り、

「『難波屋』が、偽《いつわ》りを申しているのではないのか」

「偽りを言う理由がわかりません。しかし……これから、『難波屋』に行って確かめてみます」

『堺十郎兵衛』のことは、京之進が『難波屋』に行って聞いてきたのだから間違いはないはず。だが、剣一郎は自らも確かめようと思い、会釈して立ち上がった。

「青柳どの」

清左衛門が呼び止めた。

「はっ」

もう一度座り直そうとすると、

「いや、仕事の話ではない。たいしたことでないので、いずれまた」

と、清左衛門が言う。

「でも」

「いや、いいのだ」

清左衛門も腰を上げた。

部屋を出て、剣一郎はいったん与力部屋に戻った。

三

四半刻（三十分）後、剣一郎は編笠《あみがさ》をかぶって奉行所を出た。

町の衆は青痣与力と知れば必ず挨拶《あいさつ》をしてくる。そういう負担を相手にかけさせるのが心苦しく、剣一郎は風烈廻りの見廻り以外で出かけるときは編笠をかぶって顔を隠すように気を使っていた。

日本橋の大通りを行き、須田町から八辻ヶ原《やつじがはら》を突っきる。筋違御門《すじかいごもん》を抜け、御《お》成道《なりみち》から上野新黒門町にある質屋『難波屋』の前にやってきた。

土蔵造りの店は黒板塀で囲われている。大店《おおだな》と言っていい店構えだった。剣一郎は、編笠をとってから暖簾《のれん》をかきわけて土間に入った。

帳場《ちょうば》格子《ごうし》の中にいた番頭が、

「これは青柳さま」

と、緊張した面持《おもも》ちで出迎えた。

「主人に会いたいのだが、いるか」

剣一郎は声をかける。

「はい。主人は外出先から帰ったばかりでございます。少々お待ちください」

奥に行った番頭はすぐ戻ってきて、剣一郎を客間に招じた。

待つほどのこともなく、三十半《なか》ばぐらいの男がやって来た。

「主人の幸四郎《こうしろう》にございます」

男は名乗った。

「南町の青柳剣一郎でござる」

「はい。かねがね存じ上げております」

幸四郎は身構えるように答える。

「じつは、本町《ほんちょう》一丁目にある『越中屋《えっちゅうや》』の主人の甚右衛門《じんえもん》が、二十年ほど前まで金沢の本店で働いていたと聞いた。その頃は『能登屋《のとや》』という屋号だったそうだな。金沢に本拠があるにもかかわらず『難波屋』という屋号に変えたのはなぜなのか。ちと知りたくなって、押しかけてしまったというわけだ」

このことで以前に京之進が聞きに来たことはおくびにもださずに、剣一郎は口実を口にした。

「そうでございますか。やはり、気になるお方はいらっしゃるものでございますね」

幸四郎は少し皮肉を込めて言い、

「私が『難波屋』にやってきたのは十年ほど前でございますから、『越中屋』の甚右衛門さんが辞めたあとになります」

「十年前？　では、それ以前は？」

「大坂におりました」

「幸四郎どのは大坂から？」

「はい」

幸四郎は頷《うなず》き、

「十年ほど前、金沢の『能登屋』は借財《しやくざい》を背負い、店を畳まざるを得ない危機に直面していました。それを助けたのが大坂の商人です。当時若旦那《わかだんな》だった弥五郎《やごろう》さまに娘である今の内儀《おかみ》さんを嫁《とつ》がせ、莫大《ばくだい》な持参金を持たせたのです。弥五郎さまはその持参金で借金を返し、その後も内儀さんの実家からの援助で両替商も兼ねることになって、ますます繁盛《はんじよう》していったのです」

すでに甚右衛門から耳にしていたことだが、剣一郎ははじめて聞いたようなふりをした。

「そのとき、内儀さんの実家から奉公人も何人かいっしょにやって来ました。私もその中のひとりです」

「なるほど」

剣一郎は大きく頷き、

「大坂の店はなんという名だったかな」

「『堺十郎兵衛』という船場《せんば》にある古着屋です」

「今も、あるのか」

剣一郎は鋭くきく。

「はい。ございます。ときたま、そこから新しい奉公人が移ってきます」

やはり、京之進の聞いてきた通り『堺十郎兵衛』に間違いはなかった。

「大坂では『堺十郎兵衛』と言えば誰もが知っているのか」

「手広くやっておりますので、ご存じの方は多いかと」

しかし、大坂の奉行所はわからなかったと口から出そうになったが、その言葉を喉《のど》の奥に呑《の》み込んで、

「『難波屋』の本店の主人は、今は弥五郎どのか」

と、確かめる。

「そうです。五年前に屋号を『難波屋』に変えるとき、先代は隠居し、若旦那が継ぎました」

「弥五郎どのはずっと金沢にいるのだな」

「近々江戸に出てくることになっています。じつは先月ほど前から江戸にやって来る予定でしたが、延《の》び延びになっているのです」

「なぜ延び延びに?」

「さあ、詳しいことはわかりません」

「そうか」

剣一郎は頷いてから、

「なぜ、『難波屋』という屋号にしたのか。金沢なのに大坂の出店と思われてしまうのではないか。土地の者の愛着も失われよう」

「やはり、『能登屋』を立て直したのは、内儀さんの実家ですから」

「『堺十郎兵衛』はそれほど大きな店なのか」

「そこそこでございます」

「大坂で豪商といえば鴻池《こうのいけ》だが、『堺十郎兵衛』はそこと張り合うほどの店か」

鴻池の始祖《しそ》は戦国大名・尼子《あまこ》氏の家臣山中鹿介《やまなかしかのすけ》の子と言われ、酒造業からはじまり海運にも手を伸ばし、さらに両替商にもなって、巨万の富を築いた。

鴻池はその富を困窮《こんきゅう》した大名に貸しているらしい。全国の半分近い大名が鴻池から金を借りているとも言われている。

「とんでもない。鴻池さまには足元にも及びません」

幸四郎は苦笑した。

「いや、よけいなことで押しかけてすまなかった。なぜ、『難波屋』という屋号にしたのかよくわかった」

剣一郎は礼を言って立ち上がった。

半刻（一時間）後、奉行所に戻った剣一郎は再び宇野清左衛門と最前と同じ部屋で差し向かいになった。

「『難波屋』の江戸店《だな》の主人幸四郎に会ってきました。やはり、『難波屋』の背後にいる大坂の商家は船場にある『堺十郎兵衛』だそうです」

「間違いないとすると、なぜ見つからないのだ？」

清左衛門は怪訝《けげん》そうな顔をした。

「宇野さま。やはり、どうも釈然《しゃくぜん》としません」

「何かひっかかるものが？」

「わかりません。しかし、裏があるような気が……。大坂の奉行所に任せておくわけにはいきません。出来ることなら私が大坂に行って調べたいのですが、お役目のこともございます。また、新兵衛《しんべえ》をやるわけにはいきませんか」

隠密《おんみつ》同心の作田《さくた》新兵衛はふた月前、剣一郎の依頼で加賀藩領の城端《じょうはな》に出かけた。また、ここで大坂に行かせることに申し訳ない気持ちもあったが、剣一郎の期待に応《こた》えられるのは新兵衛しか思い浮かばなかった。

「何かありそうか」

「はい、間違いなく」

勘でしかないが、『堺十郎兵衛』には何か秘密がある。それを明かすことが、献上品《けんじょうひん》の加賀友禅《ゆうぜん》の反物《たんもの》の盗難に端《たん》を発した加賀藩前田家に関わる不可解《ふかかい》な事件の解明の一助《いちじょ》となるような気がしていた。

「わかった。新兵衛にわしから命じておく。今夜にでも、青柳どのの屋敷に行くように伝えよう」

「わかりました」

剣一郎は会釈をして腰を浮かせかけたが、ふと思いだして、

「宇野さま」

と、呼びかけた。

腰を上げようとした清左衛門は、剣一郎が再び腰を下ろしたので、そのままの姿勢で、

「何か」

と、きいた。

「最前、宇野さまは何か私にお話があるようなことでございましたが」

「ああ、あれか」

清左衛門は思い出したようで、

「たわいもないことだ。急ぐ話ではない」

と、首を横に振った。

「いえ、ついでですから、承《うけたまわ》っておきます」

「そうか」

清左衛門は少し決まり悪そうに、

「じつはわしは今、囲碁《いご》に凝《こ》っていてな」

と、切り出した。

「囲碁？　宇野さまは碁をなさるのですか」

初耳だった。

「わしは何の道楽《どうらく》もなく、仕事一筋でやってきた。家内がそんな一生詰まらないでしょうと言うのだ。そんなとき、屋敷に出入りをしている大工の棟梁《とうりょう》から碁を教えてもらってな」

「ちっとも知りませんでした」

奉行所内でも、休憩のときには囲碁や将棋を楽しんでいる光景を見ることが出来る。しかし、今まで清左衛門は見向きもしなかった。

「やってみるとなかなか面白いものだ」

「それはよいことでございます」

剣一郎は微笑《ほほえ》ましく思った。

「じつはその棟梁に囲碁を教えた者がいる。いわば、師匠のようなものだ」

「ほう、囲碁の師匠」

「それが誰あろう……」

清左衛門は口ごもった。

「誰なんですか」

「驚くな。太助《たすけ》だ」

「えっ？」

剣一郎は耳を疑った。

「太助が囲碁を？」

「うむ。なかなかのものらしい」

「知りませんでした」

剣一郎はまだ驚きが冷めなかった。

太助は猫の蚤取《のみと》りやいなくなった猫を探すことを生業《なりわい》にしている。猫の気持ちがわかるのか、行方不明の猫をあっさり見つけ出してくるので依頼が多いのだ。

そんな中、太助は剣一郎の手足となって探索を助けてくれていた。

「そこで頼みというのは、太助に碁を教えてもらえぬかということだ。たまに、屋敷にきてくれればいい」

「そのようなことですか。わかりました。太助に話しておきます」

「そうしてもらえるか」

清左衛門は珍しく白い歯を見せて喜んでから、

「青柳どのは囲碁はやられるのか」

「いえ、今は。若いころは将棋を指《さ》したりしましたが……」

竹馬《ちくば》の友である吟味方《ぎんみかた》与力の橋尾左門《はしおさもん》とよく将棋を指したものだった。負けず嫌いの左門は、剣一郎が勝つと意地になって何度も勝負を挑んできた。

そういえば、近頃はまったく左門と将棋を指さなくなったなと、なぜか寂しい気持ちになった。

「そうよな。お互い、忙しい身だ。道楽に耽《ふけ》る暇もない。もっともわしは南町奉行所が生きがいだからな」

清左衛門は苦笑した。

「では」

ふたりは立ち上がった。

その夜、新兵衛が剣一郎の屋敷にやってきた。新兵衛は股引《ももひき》をはき、髷《まげ》は町人風で職人の格好をしていた。隠密同心は探索のために種々の変装をする。目の前の新兵衛はどう見ても熟練の職人としか思えなかった。

「宇野さまから話を聞いたか」

剣一郎は切り出す。

「はい」

新兵衛は応じる。

「また、江戸を離れてもらわねばならぬ」

剣一郎はすまなそうに言う。

「青柳さまのお役に立てるなら、本望《ほんもう》でございます」

「すまない」

剣一郎は頭を下げてから、

「探ってもらいたいのは『堺十郎兵衛』という古着屋だ。船場にあるという。十年前に金沢の質屋『能登屋』の倅《せがれ》弥五郎に娘を嫁がせ、奉公人も何人も送り込んでいる。『堺十郎兵衛』からの援助により、傾きかけていた『能登屋』は立ち直り、両替商も兼ねるようになって、屋号も五年前には『難波屋』と変えている」

剣一郎は経緯を話し、

「大坂の奉行所へ『堺十郎兵衛』の調べを依頼した。返ってきたのは『堺十郎兵衛』なる店は存在しないという答えだった。念のために、再び調査を依頼したが、二度目も同じ回答だった」

剣一郎は息継ぎをし、

「そこでわしは、『難波屋』の江戸の出店に行き、出店の主人に訊《たず》ねた。その男も十年前に、嫁ぐ娘といっしょに金沢にやってきたそうだ。大坂では『堺十郎兵衛』に奉公していたとはっきり口にした」

「そうですか。出店の主人がわざわざ嘘《うそ》をつくとも思えませんが……。大坂の奉行所はちゃんと調べてくれたのでしょうか」

新兵衛は奉行所に疑いを向けた。

「うむ。そこそこの大きさの店があるかないかなどすぐわかること。出店の主人の言葉が真実であれば、それが見つからないという返事は解せない」

「でも、『堺十郎兵衛』から奉公人も移ってきているのではありませんか」

「そこに何か秘密が隠されているのかもしれぬ」

「秘密ですか」

「『堺十郎兵衛』は隠れ蓑《みの》かもしれない。表向きの屋号があるのだ。もしかしたら」

剣一郎は顔をしかめ、

「鴻池ということも考えられなくはない」

「鴻池……」

今、加賀藩は財政が厳しく、その立て直しをめぐって藩内が割れているとも聞いた。

大坂の豪商である鴻池の金を貸すという申し入れを重臣方がみな反対したらしい。鴻池は金を貸し出すと同時に政《まつりごと》にも口を出すようになるという。大大名であるが故に、そのことを恐れたのだろう。

その後、将軍家から正室《せいしつ》を迎え、幕府からの援助を仰《あお》ぐという一派と、大坂の『堺十郎兵衛』を後ろ楯にした金沢に本店のある『難波屋』の援助を恃《たの》むという一派が争っているらしい。鴻池に対しては一枚岩となった重役たちは、今は二つに割れているという。

「鴻池は一度申し出を断られた。だが、諦《あきら》めず加賀藩に食い込むために鴻池の名を隠し、加賀藩に……。いや、不用意なことは言えぬ。『堺十郎兵衛』の調べ如何《いかん》によっては鴻池のほうも探ってもらいたい」

「畏《かしこ》まりました」

「それから……」

言い淀《よど》んだ。

「何でしょうか」

「ここまで頼むのは心苦しいが」

「何を仰いますか。なんなりと、お命じください」

「うむ」

剣一郎は新兵衛の目を見つめ、

「大坂のあと、金沢にまわってもらいたい」

「『難波屋』ですね。私も話をお聞きし、金沢の『難波屋』を調べるべきだと思っていました。お任せください。大坂から金沢にまわってみます」

「すまぬ」

「では、明日さっそく出立します」

新兵衛は頭を下げて引き上げて行った。

新兵衛と入れ代わるように京之進がやって来た。

部屋に入ってきた京之進は、

「今、作田新兵衛さまとすれ違いましたが」

と、口にした。

「新兵衛にはちょっと面倒なことを頼んだのだ」

「そうですか」

その任務が何であるか、京之進はきこうとしなかった。秘密裏《り》に動く隠密同心の役割を京之進は心得ていた。

「青柳さま。北町同心の室谷伊之助どのから話を聞いてきました。きょうは進んで話してくれました」

「ほう」

「やはり、水川秋之進さまの使っている密偵が、横山町の薬種問屋『丹精堂』の様子を窺《うかが》っている怪しい男を見たそうです。あまり見かけたことのない、煙草《たばこ》売りの男だったとか。警戒していたのに押し入られたと悔しがっていたそうです」

「そうだったか。水川どのにも良い手先がいるようだ」

「はい。じつは押し込みの件ですが、土蔵の中に、〈陽炎参上《かげろう》〉の置き文があったとのこと」

「〈陽炎参上〉とな。陽炎一味か」

剣一郎は目を見開いた。

「はい。六年前、姿を晦《くら》ました盗賊が再び江戸に戻ってきたというのです」

十年前から六年前までの五年間で各地で暴れた盗賊だ。浜松《はままつ》からはじまり、駿《すん》府《ぷ》、沼津《ぬまづ》、三島《みしま》、小田原《おだわら》、川崎《かわさき》と東海道《とうかいどう》を下りながら、宿場町で押し込みを続け、六年前に江戸でも世情を騒がせた。

陽炎一味の手口は鮮やかで、あらかじめ仲間を昼間のうちに商家に潜入させ、床下に忍ばせておき夜更けを待って裏口を開ける。誰にも姿を見られることなく土蔵から千両箱を奪って行く。なにより一味に抜きんでた腕前の錠前破りがいたことが最大の強みだった。

剣一郎がこの件に乗りだしたのは江戸で二度目の盗みがあったあとだった。手掛かりは、犯行を誇るかのような〈陽炎参上〉の置き文以外一切なく、手さぐり状態の探索をするしかなかった。

だが、剣一郎はある出来事をきっかけに錠前破りの名人の伊勢蔵《いせぞう》という男を知り、何度も会ううちについに陽炎一味であることを認めさせたのだ。

そこから陽炎一味を一網打尽《いちもうだじん》に出来ると思ったが、伊勢蔵は厳しい取り調べにも屈せず、とうとう口を割らないまま死罪になった。

それ以来、陽炎一味の動きは止んだ。それからもう六年が経っていた。

「手口は違うのに押し込みの下手人が陽炎一味だとどうして決めつけられるのだ？〈陽炎参上〉の置き文も他の者が真似して書いたものかもしれぬではないか」

「まず、〈陽炎参上〉の置き文のあった場所だそうです。土蔵の内扉の床の上に小石を二つ並べて重しにして置いてあったとか」

確かに、六年前の陽炎一味の置き文も同じところに小石を二つ並べて置かれていた。

「それから、傾いて斜めに書かれた筆の跡も昔と同じだったとか」

「うむ」

剣一郎は思わず唸《うな》った。

「六年前までに稼《かせ》いだ金が底をついてきた。それで、一味が再び集まったのだろうと」

「手口が荒っぽくなっているが？」

「以前は錠前破りの名人が一味にいたからじっくり計画を練って犯行に及んだ。だが、錠前破りがいないので強引な手立てで土蔵の鍵を開けなければならなかったのではないか、と。短期間に金を稼ぎ、さっと身を引こうとしていると見たようです。『丹精堂』の一件があり、近々、またどこか商家を襲うと読んで、警戒に当たらせていたとのこと。しかし、昨晩もまた……。やはり『紅屋』の土蔵にも同じように置き文が残されていたそうです」

京之進は息継ぎして付け加えた。

「北町では、水川さまの炯眼《けいがん》にみな驚いている様子」

「確かに見事に当てたものだ」

剣一郎も素直に驚いた。

「ただ、犯行を止められなかったのは折からの強風のせいだ、と悔しがっていたそうです」

「強風のせい？」

「はい。町中に火消などの夜廻りの一団が多く、陽炎一味はそれらに紛れたのかもしれないと」

「なるほど。陽炎一味の動きを読んでいながら、みすみす犯行を防げなかったのだからさもあらん」

陽炎一味の犯行を防げなかったことは残念だったろう。番頭も殺されてしまった。なまじ、動きを読んでいたせいで悔やむことになったのだ。そこまで読み切った水川秋之進の才を、素直に認めなければならないと、剣一郎は思った。

「どうやら水川さまは陽炎一味の次の標的にも予想がついているとか」

「なに、次も?」

剣一郎は驚嘆するしかなかった。

「はい。ただ、その場所が三か所あり、その中のいずれかはまだわかりかねているそうです。三か所同時に見張ることも考えているとか。その三か所は、まだ同心たちにも知らせてくれないとのこと」

「少しわからぬことがある」

剣一郎は首をひねった。

「なにがでしょうか」

「陽炎一味だ。なぜ、今になってまた盗みをやりはじめたのだろう。確かに、稼いだ金が底をついてきたからかもしれない。だが、錠前破りの名人がいなくなって盗みを諦めたのだ。これが新たな錠前破りが仲間になったのであればわかるが、手口が違いすぎるのではないか」

「そうですね」

「それに、置き文だ。以前の置き文の狙いはわかる。誰にも見られず侵入し千両箱を盗んでいく。これだけ見事な盗みは陽炎一味だと誇示《こじ》したい気持ちがあったのだろう。しかし、今回は店の者に姿を晒《さら》しているのだ。何も、置き文で陽炎一味を名乗る必然性はない。いや、それどころか、手荒な真似をしているのだから隠したいのではないかと思うのだが……」

　剣一郎はそう口にしてから、

「それにしても、室谷伊之助どのはよくそこまで話してくれたものよ」

と、呟《つぶや》いた。

「青柳さま」

　京之進がやや身を乗り出して、

「じつは、そのことで」

と、真顔になった。

「何か」

「室谷どのが私に探索の件を話してくれたのは、水川さまにそうするように言われたからだそうです」

「水川どのから？」

「はい。私を名指しで、植村京之進にこれまでの経緯を告げるようにと。どうやら私が以前に陽炎一味の探索に関わっていたのを知っていたようです」

「なぜわざわざ情報を漏らすのであろうか」

「室谷どのが言うには、水川さまから青柳さまへの挑戦状ではないかと」

「挑戦状だと」

思わず、剣一郎は声を上げた。

「はい、以前に陽炎一味を探索した青柳さまと、どちらが第三の押し込みを防げるかを競いたいというのが水川さまのご意向とか」

「……そのようなこと、競うものではない」

剣一郎は顔をしかめた。

やはり、秋之進は青痣与力を超えた新しい英雄になろうとしているのだろう。

これまでにも、秋之進の肩を持つ者たちは、瓦版を使っていかに秋之進が青痣与力より優れているかを訴えてきた。

もうそのような敵愾心は消えたのかと思っていたが、まだ秋之進の心の奥では燻《くすぶ》っていたのか。

「青柳さまが受けて立つならこれまでの探索の状況をさらに詳しく知らせ、また、横山町の『丹精堂』や本町の『紅屋』の奉公人から事情を聞いても構わないとのことでございます」

「………」

「南町の意地もございます。出来ましたら、青柳さまに出馬願いとうございます」

京之進は深々と頭を下げた。

「陽炎一味は南町で捕縛《ほばく》したいのです。六年前の雪辱をぜひ南町で……」

その思いも嘘ではないだろうが、おそらく京之進は室谷伊之助から見下すような態度をとられたのかもしれない。その悔しさも大きいのではないか。

「少し考えさせてくれ」

「はっ」

京之進は恐縮した表情のまま引き上げて行った。

またも水川秋之進から、望まぬ争いに巻き込まれようとしていることに、剣一郎は気が重くなった。

四

翌朝、剣一郎は屋敷の庭に面した一室で、髪結いに月代《さかやき》と髭《ひげ》を当たってもらっていた。濡縁《ぬれえん》には強い陽光が射し込んでいた。

「本町一丁目にある『紅屋』の押し込みは、陽炎一味だそうですね」

髪結いが櫛《くし》で剣一郎の髪を梳《と》かしながら言う。

「なに、もうそんな話が広まっているのか」

剣一郎は驚いてきく。

「はい、何年も鳴りを潜めていた陽炎一味が、またぞろ盗みをはじめたというので、近頃大きな騒動に飢《う》えていたせいか、皆かなり盛り上がっています。あの神《しん》出鬼没《しゅつきぼつ》の陽炎一味には、以前は胸がすくような思いがしたものです。それに……」

髪結いは言葉を呑んだ。

「それに、なんだ?」

剣一郎は言い淀んだ髪結いを促《うなが》す。

「へえ。北町と南町のどっちが陽炎一味を捕まえるか、と……」

「そうか」

剣一郎はまたぞろ水川秋之進に近い者があえて言いふらしているのではないかと思い、気分はよくなかった。

「一味の錠前破りを青柳さまが捕まえたので、陽炎一味は盗み続けられなくなったということですよね。錠前破りがいないから、今度は荒っぽい仕事になったと……」

やはり、京之進が北町の同心室谷伊之助から聞いたのとほぼ同じ内容が噂となって流れている。

水川秋之進ともあろうものが、なぜ同じ手立てを使うのか。

「だから、きっと青柳さまがまた乗りだすと皆期待しています」

「これは、北町の掛かりだ。南町が手をだすものではない」

剣一郎はきっぱり言い切った。

その後も髪結いは陽炎一味のことを話題にしていたが、剣一郎は生返事で聞き流していた。

髪結いが引き上げたあと、太助が庭先に立った。

「おはようございます。青柳さま、珍しいですね」

「何がだ？」

「厳しい顔で何かを考えこんでいるようでしたので」

「そんな顔をしていたか」

「はい」

「そこは陽が照りつけて暑い。上がれ」

「でも、青柳さまはそろそろお出かけでは」

「わしは出かけるが、おまえは少し休んでいけ」

「いえ、また今夜にでもお邪魔します。これから、商売です」

「ゆうべ、来なかったではないか」

「お客さまがいらっしゃっていたようなので」

「そうか。顔を出していたのか」

「はい。では、今夜」

「待て」

剣一郎は引き止めた。

「太助。わしは知らなかった」

剣一郎は厳しい表情をくずして笑いながら言った。

「なんですかえ」

「そなた、囲碁をやるそうだな」

「ええ。でも、どうして、そのことを？」

「宇野さまから聞いた」

「宇野さま？」

太助はきょとんとしている。

「大工の棟梁から囲碁を教えてもらったそうだ。その棟梁は太助から習ったと」

「ああ、源助《げんすけ》さんですね」

太助は合点《がてん》したように頷いた。

「どこで碁を覚えたのだ？」

「最初は長屋の大家さんです。それから、今は猫の蚤取りで行った先の旦那が囲碁の相手をすると喜ぶんです。いろんな方と囲碁をやっているうちに、ずいぶん鍛《きた》えられました」

「そうか、そうだったのか」

剣一郎は目を細め、

「じつは宇野さまがそなたに囲碁を教えてもらいたいそうだ」

「あっしにですか」

「熱望していた」

「あっしでいいんですかねえ。なんならもっと強いお方をお引き合わせいたしますが」

「いや、宇野さまはそなたに教えてもらいたいそうだ」

「さいですか。あっしでよければ、構いませんが」

「では、そのようにお伝えしておこう」

「はい。では」

太助は会釈をして引き上げた。

ふた親が早死にし、十歳のときからシジミ売りをしながらひとりで生きてきた太助も、寂しさと仕事の辛さにくじけそうになったときがあった。そんなとき、剣一郎と出会ったのだ。

「おまえの親御はあの世からおまえを見守っている。勇気を持って生きれば、必ず道は拓《ひら》ける」

剣一郎はそう太助を励ましたことを覚えている。その言葉に勇気を得て、太助は立ち直った。それ以来、江戸の町やひとびとの仕合わせを守っている青痣与力に憧《あこが》れ、青痣与力の活躍に勇気をもらい、生きる支えになったのだと言っていた。

「あら、太助さんの声がしていましたけど」

妻女の多恵《たえ》がやってきた。

「今、引き上げた」

「そうですか」

多恵はがっかりしたようにため息をついた。

「今夜来るそうだ」

「なら、夕餉《ゆうげ》の支度《したく》をしておきます」

多恵は太助の面倒を見るのが楽しいようだ。

伜剣之助《けんのすけ》は嫁の志乃《しの》にとられ、娘のるいは御徒目付《おかちめつけ》の高岡弥之助《たかおかやのすけ》に嫁いで家を離れ、多恵は寂しい思いをしていたようだ。そんなときに、太助が屋敷に出入りをするようになったのだ。

部屋に戻って、剣一郎は多恵に手伝ってもらい出仕の支度をした。

外に出るとむっとするような暑さだ。朝から蟬《せみ》の鳴き声がやかましかった。

裃《かみしも》姿の剣一郎は挟《はさ》み箱持ち、草履《ぞうり》取りなどを連れて楓川《かえでがわ》沿いを行く。強い陽強い陽《ひ》射《ざ》しの中、笠をかぶって、男が対岸で釣り糸を垂れていた。

いつもは何人かいるのだが、こんな照りつける陽の中でも釣りをしているのは、ひとりだけだった。

剣一郎はつい足を止めた。いつもの四十半《なか》ばの小肥《こぶと》りの男だった。釣り糸を垂れている姿は泰然《たいぜん》としていた。その姿を見ていると、のどかで平穏な心持ちがした。殺伐《さつばつ》とした押し込みがあったばかりのせいか、安らぐものがあった。

男が剣一郎の視線に気づいて顔を上げた。眉根《まゆね》の下がった顔は笑っているようでひとの好《よ》さを感じさせた。

男は会釈をした。剣一郎も会釈を返し、再び歩きはじめた。あの男は一年ぐらい前から見かけるようになった。

奉行所に出た剣一郎は、早々に宇野清左衛門から呼ばれた。

年番方の部屋に行くと、清左衛門はすぐに文机の前から立ち上がった。

「長谷川《はせがわ》どのがお呼びだ」

「なんの用でしょうか……」

瞬間、剣一郎は陽炎一味のことが頭を掠《かす》めた。まさかと嫌な予感がして、清左衛門と共に内与力《うちよりき》の用部屋の隣にある部屋に出向いた。

長谷川四郎兵衛《しろべえ》は内与力である。内与力はもともとの奉行所の与力でなく、お奉行が赴任と同時に連れて来た自分の家臣だ。

剣一郎らが部屋に入って腰を下ろしたと同時に、長谷川四郎兵衛も入ってきて、ふたりの前に気難しそうな顔で座った。

すぐに切り出さないので、清左衛門が催促《さいそく》した。

「長谷川どの、何か」

「うむ」

四郎兵衛は頷いて、

「北町から申し入れがあった」

と、口を開いた。

「どんな申し入れでござるか」

清左衛門が不思議そうにきいた。

「青柳どのにだ」

「青柳どのに？　一体何を……」

清左衛門は剣一郎に顔を向けた。

やはりと思いながら、剣一郎は黙って四郎兵衛の言葉を待った。

「この半月で、陽炎一味の仕業《しわざ》と思える押し込みが二件あった。特に、二件目の本町一丁目にある『紅屋』では死者が出た」

「その件は北町が掛かりとなって探索しているはずだが」

清左衛門が口をはさむ。

「さよう。北町与力の水川秋之進どのは、二件目の襲撃が『紅屋』ではないかと見て警戒していたらしい。それなのに防ぐことが出来なかったことから、三件目はなんとしてでも阻止しなければならない。そこで、青柳どのの力をお借りしたいという申し入れだ」

「なんと妙なことを。青柳どのを北町に貸し出すということでござるか」

清左衛門は異を唱《とな》えた。

「そうではない。南町でも探索をはじめ、青柳どのにも乗りだしてもらいたいというのだ。つまり、北町と南町で同時に調べるということだ」

「同時に調べるですと。とんでもない」

清左衛門が拒《こば》んで、

「長谷川どのは、水川秋之進が青柳どのを貶めようと画策《かくさく》していたことをお忘れか。すでに、北町は陽炎一味の調べを進めているのでは、あとから青柳どのが乗り込んでも、出遅れはいかんともしがたいのではないか」

「水川秋之進どのは、調べたことはすべて差し出すと言っている。純粋に、青柳どのの手を借りたいということだ」

「そんな企みに青柳どのを出せぬ」

「宇野さま……」

剣一郎が見かねて口を挟んだ。

「おそらく、北町の狙いは宇野さまの仰る通りかもしれません。なれど、ほんとうに三件目の押し込みが起こり、犠牲になる者が出たら、あとで悔《く》いを残すことになります。ここは申し入れを受けては……」

「青柳どの。水川秋之進は、先日卑劣《ひれつ》な罠《わな》を仕掛けてきた。十中八九《じっちゅうはっく》、今度も同じ狙いだろう。向こうはすでに陽炎一味が次に狙うところの見当がついているのでは？　青柳どのが乗りだした上で、水川秋之進が陽炎一味を捕まえて評判を上げようと……」

「宇野さま。そのときはそのときです。それに、陽炎一味は私にとっては因縁《いんねん》の相手。なまじ、錠前破りを捕まえたために、一味の他の者には逃げられてしまったのですから」

「いや、その代わり、のちの被害はなくなったのだ」

「また陽炎一味が盗みをはじめたのなら、今度こそ頭目《とうもく》を捕まえ、陽炎一味を壊滅させたいと思います。水川どのにどのような策略があるかわかりませんが、青痣与力の名より、賊を捕え犠牲となった者に報《むく》いるべきではありませんか」

清左衛門は何か言おうとしたが、声にならなかった。

「断るわけにはいきません。私は陽炎一味を追い詰める好機ととらえたいと思います」

剣一郎は相手に何かの企みがあったとしても、あえて飛びこんでいこうと思った。

「青柳どの。これは南町と北町の闘いでもある。向こうに後れをとることは許されぬ。もし、敗れたとあらば、青柳どのにはそれなりの責任をとっていただく」

四郎兵衛が激しく言い放つ。

「それは無茶でござろう」

清左衛門が憤然と言い、

「それなら、はじめから受けなければいい」

「だが、青柳どのはその気だ」

清左衛門は返事に詰まった。

「青柳どの、よいな。北町に後れをとったら責任をとってもらう」

再度、四郎兵衛が言う。

「責任など不要だ」

清左衛門は強い口調《くちょう》で跳ね返す。

「これ以上、言い合っても仕方ない。北町に承《うけたまわ》ったと伝えておく。それから明日、室谷伊之助という北町定町廻り同心が、これまでの探索の経緯を『紅屋』にて青柳どのに説明するということだった」

「経緯の説明なら、水川どのが直々《じきじき》にお話しになるのが筋ではござらんか」

清左衛門はまた異を唱えた。

四郎兵衛は顔を歪め、

「向こうは現場でと言っているのだ。駆けつけた同心からからも直接話を聞けるだろう」

「いや、陽炎一味の押し込み先を予期したのは水川どのではござらんか。水川どのからでないと、そう先読みした理由が聞けない。いや、それだけではない。水川どのがつかんでいる話が青柳どのに伝わらぬ」

「向こうの都合もあろう」

四郎兵衛は顔を歪めて言う。

「長谷川どのはどちらの側に立っておられるのか」

清左衛門は強い口調になった。

「どちらの側だと？」

「まるで北町の御仁《ごじん》のようだ」

「宇野どの。それは言い過ぎであろう」

四郎兵衛は気色《けしき》ばんだ。

「北町の肩を持つというのでなければ、このことを利用して青柳どのを貶めようとしているのか」

清左衛門はいつになく腹を立てているようだ。

「何を申すか」

四郎兵衛はこめかみを痙攣《けいれん》させた。

奉行が就任するとき、自分の家来を引き連れて奉行所にやってくる。その者たちは内与力となり奉行の権威を笠に着て、奉行所内で横柄《おうへい》に振る舞う。そして、当然だがその間にも与力としての手当てをもらっている。また、付け届けも多い。そんな内与力のあり方に剣一郎は疑問を呈していた。

だから、四郎兵衛は剣一郎を疎《うと》ましく思い、これまでにも散々《さんざん》嫌がらせのように難題を突き付けてきた。

その四郎兵衛の行ないを見て、腹の底を知っているので、清左衛門は我慢ならなかったのだろう。

「宇野さま。私はそれで構いません」

剣一郎は口をはさみ、清左衛門と四郎兵衛が険悪になりかけたのをとりなした。

「長谷川さま。明日の昼過ぎ、『紅屋』を訪れてみます。そこに室谷どのに来ていただくようにお伝え願います」

「わかった」

四郎兵衛は憤然と立ち上がり部屋を出て行った。

清左衛門は、四郎兵衛の去った襖を睨んでいた。

「青柳どの、水川秋之進を信用してはならぬ」

きっぱりと言い切った。

「わかりました。なれど、私は陽炎一味を捕縛するいい機会と思っています」

「うむ。青柳どののこと、抜かりはないと思うが、くれぐれも気をつけてな」

「はっ」

「それにしても、水川どのが自ら青柳どのに経緯を説明するのが筋というもの。このことだけは譲《ゆず》れぬ。長谷川どのでは頼りにならぬ。わしのほうから北町の筆頭与力に談判してみよう」

「仰るとおり、水川どのの考えを直《じか》にお聞きしたいので、ぜひに」

剣一郎は頼んだ。

「では、引き上げましょうか」

剣一郎は立ち上がったが、清左衛門はまだ怒りが治まらないらしく、腰を下ろしたまま憤然としていた。

「そうそう、宇野さま。太助に話しておきましたので、いつでも」

「そうか。よし」

清左衛門もそれで少し気分が治まったのか、やっと立ち上がった。年番方与力部屋の前で清左衛門と別れ、剣一郎は与力部屋に戻った。

五

翌日の昼過ぎ、剣一郎は京之進とともに本町一丁目にある木綿問屋『紅屋』に赴いた。

陽炎一味に襲われ、番頭を喪《うしな》ってから三日、店は早くも商いを再開したようだが、客は多くはなかった。

主人の案内で、土蔵に近い部屋に行くと、すでに北町の室谷伊之助が来ていて、剣一郎を迎えた。

「青柳さま。この度《たび》は無理なお願いをいたしまして恐縮《きょうしゅく》でございます。水川秋之進さまが青柳さまによしなにとのことでございました」

室谷伊之助は丁重《ていちょう》な挨拶《あいさつ》をした。

「水川どのにも」

剣一郎は応じる。

「はっ。なんでも青柳さまにお話をするようにと命じられております」

「うむ。あらましはここにいる京之進から聞いたが、押し込みが陽炎一味であることに間違いはないのか」

「はい、土蔵にこれが」

そう言い、室谷伊之助は懐《ふところ》から布に包まれた半紙を取りだした。広げると、〈陽炎参上〉の文字が大きく認《したた》められていた。

「先の横山町の『丹精堂』の土蔵にも、これと同じものが扉内側の床に小石を二つ並べて置いてありました。六年前の陽炎一味の探索の記録を調べたところ、当時も同じように土蔵の扉内側の床に小石を二つ並べて置いてあったとのこと。筆跡も似ていることから、陽炎一味が盗みを再開したのだと水川さまは判じました」

室谷は説明する。

「陽炎一味は人目に姿を晒さず、決してひとに危害を加えなかった。ところが、今回の賊は家の者の前に立ち、あまつさえ危害を加えている。果たして、同じ陽炎一味の仕業であろうか」

剣一郎は疑問を呈する。

「水川さまのお考えは、錠前破りの名人が見つからなかったから、荒っぽい手口に頼らざるを得なかったのではないかということです」

室谷伊之助は続ける。

「青柳さまが錠前破りの男を捕えたあと、陽炎一味は盗みから足を洗ったように見えました。あれから六年経ち、盗んだ金も底をつき、再び盗みはじめたのでしょう」

「なるほど。で、どうやって忍びこんだのだ?」

「『丹精堂』と『紅屋』の二軒とも、床下に物を食べた痕跡《こんせき》や用を足した跡がありました。昼間のうちに仲間が侵入し、床下に隠れて夜更けを待っていたようです。これもやはり陽炎一味の手口です」

「その通りだ」

剣一郎は頷いた。

「庭に出よう。床下を見てみたい」

剣一郎は腰を上げた。

「はっ」

室谷も立ち上がり、先に立って庭を案内した。

「賊が隠れていた床下がここです」

剣一郎は床下を見る。今はもう、食べ物の滓《かす》などは片づけられているが、駆けつけたときにはそのような痕跡があったという。

確かにひとひとり隠れるには十分な空間があった。半日近く、こんな場所で辛《しん》抱《ぼう》していたのか。

それから、植込みの間を縫《ぬ》って塀に向かう。裏口に行くと、太い閂《かんぬき》がかかっていた。床下から飛び出した男はここまでやって来て閂を外し、一味を引き入れたのだろう。一味は、それから母屋《おもや》に行き、雨戸を外して部屋に押し入った……。

剣一郎は賊と同じように縁側から上がった。

「陽炎一味は主人夫婦の部屋に行き、主人を脅して土蔵の鍵を出すように言いました。主人は番頭に命じ、鍵を出させたのです」

室谷伊之助は説明を続ける。

「そして、番頭を伴《ともな》い土蔵まで行って鍵を開けさせ、一味は千両箱を盗んで逃走しました。番頭は土蔵の前で斬られていました。相当な手練《てだれ》がいるのでしょう。見事な袈裟懸けの斬り口でした」

「土蔵の前か……」

剣一郎は何か引っ掛かった。

「『丹精堂』は誰が鍵を開けたのだ?」

「主人です」

「そちらでは、鍵を開けた主人を殺してはいないな。なぜ、ここでは番頭は殺されたのか」

「わかりません。もしかしたら、番頭は歯向かったのかもしれません」

「うむ」

剣一郎は主人を呼んだ。

「殺された番頭はどのような男であったな」

「はい、実直《じっちょく》でおとなしい男でした」

「賊に立ち向かって行くような度胸《どきょう》はあったのか」

「いえ。小柄ですし、そのような勇気はなかったはずです」

「賊は何人だ?」

「部屋に入って来たのは三人です。頭らしき大柄な男と細身の男がふたりでした。顔を黒い布で覆っていて、人相はわかりません。私らと奉公人の大部分は男たちに縄で縛られました」

主人はその時の恐怖を思いだして声を震わせた。

「おそらく、外にふたりぐらいいたと思われます」

「賊は五人ということか」

「そうなります」

そこに奉公人が主人を呼びに来た。

「すみません。お客さまが呼んでおりますので」

主人が剣一郎に断る。

「わかった。しばらく、この部屋を使わせてもらう」

剣一郎は言った。

「どうぞ」

主人が去ってから、

「室谷どのたちがやって来たのは、賊が逃走してどのくらい経ってからか」

と、剣一郎はきいた。

「四半刻ほどでしょうか」

「そなたたちはどうして『紅屋』に押し込みが入ったとわかったのだ？」

剣一郎は室谷の目を見つめてきく。

「陽炎一味を警戒し、見廻りをしておりました。裏口を通りかかったところ、『紅屋』の戸が少し開いていたのです。旋錠を忘れたのかと思って不用心を注意しようと、表にまわって潜り戸を叩きました。そしたら、手代が転がり出て来ました。押し込みだと騒いだので、直《ただ》ちに中に踏み込んだのです」

「それでいち早く北町が掛かりとなったのか」

「はい」

「裏口から入らず表にまわったのはなぜだ?」

「まさか、すでに陽炎一味が押し入ったとは想像もしていませんでしたので、勝手に庭に入って恐がらせるのもまずいと思い、表にまわったのです」

「なるほど。そのとき、裏口に誰か残さなかったのか」

もし、誰か残していれば、剣一郎自身が『紅屋』の暗がりで見た黒い影と鉢合わせしたかもしれない。

「裏口が開いていると気づいたのは誰が?」

「水川さまです」

「なに、水川どのはいっしょに見廻りをしていたのか」

剣一郎は思わず声が大きくなった。

「はい。風が吹き荒れていたこともあり、胸騒ぎがすると仰って、見廻りについてきてくださいました。そのとおりになり、我らも驚いた次第です」

水川秋之進を礼賛《らいさん》するように、室谷は言った。

「あのとき、わしが『紅屋』の戸口でそなたに声をかけたとき、すでに水川どのは店の中に入っていたのか」

「はい。そうです」

室谷はあっさり言う。

「『紅屋』の裏手を通ったのは何か根拠があってのことか。それとも、たまたまか」

「たまたま、だと存じます。もちろん道々の怪しい箇所を重点的に歩いてはいましたが……」

室谷は答える。

「ここに入ったときの様子は？」

「手代の案内で主人のところに行くと主人夫婦は怯《おび》えきった様子で。そのあと、店の中を見て回り、庭の土蔵まで行くと番頭が斬られて死んでいるのを見つけました」

剣一郎は少し考えてから、

「その間、誰か裏口を出たか」

と、確かめた。

「裏口ですか。いえ」

室谷は怪訝《けげん》そうな顔をし、

「何か」

と、逆にきいた。

「いや、なんでもない」

あのとき見た黒い影はなんだったのだろうかと、剣一郎は首をひねったが、

「逃走する一味らしき連中を見かけなかったのか」

と、確かめる。

「はい。当夜は火事の見廻りのために、町中には鳶の者も出ていて、ひとの目は多かったのですが、我らも含め、怪《あや》しい連中を見た者はいませんでした」

「そうか」

「それで、水川さまは、一味の隠れ家があの近くにあるのではないかとお考えのようです。押し込み前はそこに集まり、終えたあともそこに逃げ込んだのではな

いかと」

「なるほど」

剣一郎は頷いた。千両箱を担いで遠くまでは逃げられまい。近くの日本橋川まで行き、舟で逃げたとも考えられるが、あのような強風では大川《おおかわ》には出られまい。舟で逃げたのではなく、近くに隠れ家があったと考えるほうが理に適《かな》っているようだ。

「この周辺の一軒家を当たってきましたが、まだ不審な家は見つかりません」

室谷は首を横に振る。

「だが、その考えは的を射ているように思える。男の二人暮らしは目立つ。『紅屋』の主人が言う通り、一味が五人組とすれば、隠れ家は五か所ということになる。いずれもが狙う商家の近くにあるとすると、狙われる店も五軒ということになるな」

「水川さまと同じ考えにございます。五か所の隠れ家があまり遠く離れていては集まるのに不便だから、日本橋・神田周辺を中心に、せいぜい北は下谷広小路《ひろこうじ》から池之端仲町《いけのはたなかちょう》、南は日本橋から京橋《きょうばし》辺りまでの区域ではないかと。従って次の狙いもその区域の中にあると」

さらに、室谷は続ける。

「水川さまは陽炎一味はあと三件の押し込みをすると睨んでいます。すでに二軒から金を奪っており、すべての犯行を終え、五人の仲間は一千両ずつ受けとり、全員江戸を離れるだろうと」

「いちいちもっともな考えだ」

剣一郎は感心した。

「そこで青柳さまには、下谷広小路から池之端仲町辺りまでを警戒していただきたいとのこと。水川さまは南の京橋辺りまでを受け持つと」

「わかった。そうしよう」

「今後も、水川さまのお考えは私が青柳さまにお伝えいたします」

「うむ」

剣一郎は頷く。

「では、私はさっそく水川さまにこのことをお伝えに行ってきます」

室谷は引き上げて行った。

「青柳さま。北町は無礼ではありませぬか」

ずっと黙して聞いていた京之進が、声を荒らげた。

「どうしたのだ、いきなり」

「まるで、青柳さまを水川さまの下で働かせるような振舞い」

京之進が憤然と言う。

「気にするでない。この件に関しては向こうの探索が先行している。それに、水川どのの考えはいちいち納得がゆくものだ」

剣一郎は正直に感想を述《の》べた。

「それにしても……」

「待て」

剣一郎は制して、

「過去の経緯を見れば、水川秋之進は油断ならぬ。ただ、何らかの企みがあるのだとしても、それが何かまったくつかめぬ以上、今は素直に従おう。いずれ、何かが見えてくるはず」

と、京之進を諭《さと》した。

「わかりました」

「わしは念のために明日にでも、横山町の『丹精堂』に行き、陽炎一味が押し入ったときの様子や北町が駆けつけたときの状況を調べてみよう」

「わかりました。さっそく私はあてがわれた地域の、金がありそうな商家をすべて洗い出してみます」

剣一郎と京之進はは主人に挨拶をして『紅屋』を出た。

六

その夜、夕餉の後、剣一郎は居間に戻った。夕暮れにけたたましかったヒグラシの鳴き声はもう聞こえないはずなのに、まだどこかに微《かす》かに残っているようだった。耳をつんざくような鳴き声になぜか哀調《あいちょう》を感じたのは、陽炎一味の錠前破りの男を思いだしていたからか。

その錠前破りは伊勢蔵という男だった。四十過ぎにしては顔に皺《しわ》が多く、六十近くにも見えた。

誰も陽炎一味の顔を見た者はいない。それなのに、伊勢蔵が捕まったのは錠前破りの名人ゆえだった。

六年前の冬、小雪の舞う日だった。ある商家で子どもが土蔵に閉じ込められてしまったのだ。子どもがいたずらで鍵を持ちだして土蔵を開け、鍵を持ったまま中に入ってしまった。たまたま通りかかった番頭が、錠前を施錠していないのに気づいて、無造作《むぞうさ》に鍵をかけてしまったのだ。

夕方になって子どもがいないのに気づいたふた親は、探し回った末に土蔵から泣き声が漏れ聞こえているのに気づいた。鍵を探したがどこにもない。

錠前屋を何人も呼んだが、誰も開けられなかった。夜になって深々と寒さが募《つの》り、小雪が舞ってきた。子どもの声がか細くなっていった。

そこに現われたのが伊勢蔵だった。失敗した錠前屋から話を聞き、駆けつけてきたのだ。

伊勢蔵はあっさり鍵を開け、子どもは無事に助け出された。もっと救出が遅かったら命が危なかったかもしれない。

この話が剣一郎の耳に入った。陽炎一味の錠前破りと重なり、その男を探し当てた。しかし、伊勢蔵が陽炎一味である証を見出せなかった。そこで、剣一郎は伊勢蔵に直に当たったった。

伊勢蔵の家を家捜ししたが、陽炎一味だとはっきり証《あか》すものは出てこなかった。しかし、剣一郎は確信しており、小者に見張りを続けさせた。

一味なら仲間が必ず会いにくる。そうやって、仲間の顔を知ろうとした。ところが、やがて伊勢蔵は観念して自分から剣一郎に名乗り出た。だが、仲間のことは一切口を割らなかった。

剣一郎は伊勢蔵に自ら縄をうけた真意をきいた。

奉行所に目をつけられている。そのことを知らずに仲間が自分に近づいたらその者も捕らわれる。自分のせいで、陽炎一味が一網打尽にされてしまうかもしれない。自分の身を犠牲にしたのだった。

伊勢蔵はそう答えた。

それきり、二度と陽炎一味は盗みを働かなかった。いや、働けなかったのだろう。伊勢蔵がいなければ、陽炎一味は成り立たないからだ。

だが、ここに来て、陽炎一味が動きだした。それも荒っぽい手口で。

ほんとうに陽炎一味かどうか。〈陽炎参上〉の置き文や先に仲間を忍び込ませ床下で夜更けまで待機させるやりかたは、陽炎一味のものだ。

全員が昔の一味でなくとも、ひとりかふたり残党がいるのだろう。

それにしても、水川秋之進はなぜ自分を探索に引き入れたのか。またも、そのことに思いが向いたとき、庭に人影が現われた。

「太助か」

太助が濡縁に近づいて来て、

「きょう、本町一丁目の『紅屋』に入っていきましたね」

と、いきなりきいた。

「近くにいたのか」

「じつは、『紅屋』さんはお得意さまなんです。猫が何匹もいて。殺された番頭さんも猫好きで、とてもいいお方でした」

太助はしんみりした。

「番頭と顔なじみだったのか」

剣一郎は意外に思ってきいた。

「はい。番頭さんも母ひとり子ひとりで育って、十歳で『紅屋』に奉公に上がった人です。死んだなんて信じられません」

「賊に命じられて土蔵の鍵を開けたあとに殺されたそうだ」

剣一郎はやりきれないように言い、改めて、無抵抗な者を斬殺する陽炎一味の残虐《ざんぎゃく》さに怒りを覚えた。

「なんで、あんないいひとを……」

太助は悔しそうに言う。

「そんなに善人だったのか」

「ええ、穏やかでやさしいお人でした」

「そうか」

そんな男が陽炎一味に逆らうだろうか。土蔵の前で、何があったのか。剣一郎はそのことが気になった。

「押し込みは陽炎一味だとか」

「噂になっているそうだな」

「瓦版で、陽炎一味のことを大きく取り扱っています。六年ぶりに、押し込みを再開したそうですね。北町与力の水川秋之進さまが乗りだしていて、青柳さまと競うことになりそうだと」

「また瓦版が騒いでいるのか」

剣一郎は苦い顔をした。

「はい。やはり青柳さまと水川さまの話が一番売れるそうです」

「困ったものだ」

剣一郎はため息をつくしかなかった。秋之進に近しい誰かがネタを差し出して書かせているのだろう。

しかし、秋之進ともあろうものが、同じ手を二度も使って剣一郎を貶めようとするだろうか。

秋之進の狙いはどこにあるのか。

「太助。この調子だと明日の瓦版に出るだろう」

「なにがですか」

「陽炎一味の探索で、北町の水川秋之進と青痣与力が競い合うとな」

秋之進の申し入れを受けたことを話した。

「そうですか。これはまた大きな話題になりますね」

太助が顔をしかめ、

「裏に何かありますぜ」

と、真顔になった。

「おそらくな。だが、何を画策しているのか、探る意味でも水川どのの申し入れを受けなければならなかった。それに、これ以上の陽炎一味による犠牲を食い止めねばならぬのだ」

剣一郎は言い、

「太助、頼みがある」

「なんでしょうか」

「水川どのの考えでは陽炎一味の狙いは場所が絞られている。そこで、北町と南町は見廻りの場所を分担した」

陽炎一味の標的の範囲を説明し、

「我らは神田から下谷広小路、池之端仲町までだ。北町は日本橋から京橋まで」

「わかりました」

太助は頷き、

「神田から下谷広小路、池之端仲町にかけての目ぼしい商家の洗い出しですね」

と、先に言う。

「違う。日本橋から京橋にかけてだ」

「えっ？　そっちは北町の受け持ちでは？」

太助が不審そうにきいた。

「だから、こっそり調べるのだ。水川秋之進が何かを企んでいることを前提にして考えられることに手を打っておきたい」

「そっちで何かあると？」

「わからぬ。ただ、北町、特に水川秋之進の動きを探ってもらいたい。なんでもいい。何か妙なことがあったら知らせるのだ」

「わかりました。気づかれないように目を配ってみます」

太助は意気込んで言う。

そこへ多恵がやって来た。

「太助さん、夕餉まだなんでしょう。支度が出来ていますから」

「へえ、ありがとうございます」

「太助、食べてこい」

「へい」

太助は多恵といっしょに台所に向かった。

水川秋之進は何を考えているのか。ひとりになって、剣一郎は再びそのことに思いを巡らせた。

翌朝、剣一郎は編笠に着流しの姿で屋敷を出た。

茅場町《かやばちょう》薬師《やくし》の前を過ぎ、楓川にかかる海賊橋《かいぞくばし》に向かうと、前方から着物を尻《しり》端折《はしょ》りした年配の男がゆっくり歩いてくるのに出会った。片足を引きずるような歩き方だ。釣り竿《ざお》を持ち、腰に魚籠《びく》を提《さ》げている。

毎朝、釣り糸を垂れているあの男だった。

近づいたとき、剣一郎は立ち止まり、魚籠に目を向けて声をかけた。

「釣れたのかな」

「ひょっとして、青柳さまで」

「うむ」

「これはどうも。私は卯平《うへい》と申します」

男は改めて挨拶をし、

「釣果《ちょうか》を聞かれましたが、じつは餌《えさ》をつけていません」

「なに、餌をつけずに釣りを?」

「糸を垂れているだけで仕合わせな気持ちに浸《ひた》れるのです」

卯平は少し丸まった背をしゃきっとさせて言う。細かい皺が刻まれているが、引き締まって才覚のありそうな顔立ちだった。眉根が下がっていて穏やかな様子に思える。

「なるほど。それでか」

「それでかと仰いますと?」

「そなたの釣りをしている姿を見ていると、のどかで平穏な印象を持った。そういうそなたの生き方はうらやましい」

「とんでもない、そのような大仰《おおぎょう》なものではありません」

卯平は奥ゆかしい。

「近くに住んでいるのか」

「はい。薬師さまの裏の一軒家にひとり住まいでございます」

「そうか。呼び止めてすまなかった」

会釈をし、剣一郎が行こうとすると、

「青柳さま。宇治《うじ》のおいしい茶がございます。一度、お立ち寄りくださいませぬか」

「うむ。そなたともっと話がしたい。近々寄らせてもらおう」

「はい。お待ちしております」

卯平は足を引きずりながら去って行った。

海賊橋の手前で振り返ると、卯平がこっちを見ていた。軽く会釈をし、卯平は茅場町薬師のほうに向かった。

剣一郎は海賊橋を渡り、すぐに今度は日本橋川にかかる江戸橋《えどばし》を渡って横山町に向かった。

それから四半刻あまり後、剣一郎は『丹精堂』の客間に招じられて、主人と差し向かいになった。

「押し込みは昼間のうちに仲間を忍び込ませていたようだが、誰にも気づかれず庭に入り込むことは出来るのか」

「まさかそんなことはあるまいと思っていたので」

主人は悔しそうに言う。

「どこから入り込んだのだと思うか」

「店からではなく、奉公人が出入りをする裏口ではないかと思われます。女中が出て行った隙《すき》にでも入り込んだのではないかと」

「うむ。それで部屋に入ってきた賊は何人だ？」

「最初見たのは、三人です。黒い布で顔を覆っていました」

「体つきは？」

「お頭ふうの男は大柄で、あとのふたりは背が高く、痩《や》せていました」

「どんな声だった？」

「お頭のような男が鍵を出せと言いましたが、押し殺したような声でした。わざとかすれたように声を出しているような」

「鍵は素直に出したのだな」

「はい」

「土蔵まで行ったのは？」

「私が鍵を持って土蔵まで行きました」

「庭には？」

「ふたりいました」

「体つきは？」

「ふたりとも大柄でした。ひとりは侍のようでした」

「鍵を開けたあとは？」

「部屋に連れ戻されて縄で縛られてしまいました」

第二の事件『紅屋』の番頭も土蔵を開けたあと部屋に戻され、縛られるはずだったのではないか。

『丹精堂』と『紅屋』の押し込みの違いは何か。『紅屋』の庭で何かがあったのだろうか。

賊のひとりの顔を見たのか。しかし、奴らは黒い布で顔を覆っていた。

「北町の同心が駆けつけたのは賊が逃げてどのくらい経ってからだ？」

「四半刻足らずだと思います」

「店の誰かが気づいて自身番に知らせに行ったのか」

「いえ。町方のどなたかが、表戸が少し開いているのを不審に思って訪ねてきてくれたのです」

『紅屋』の場合と同じだった。

「盗まれたのは一千両だそうだな」

「はい。たいへんな損失ですが、だれも命を奪われなかったのがせめてもの救いです。ただ、なんとか早く陽炎一味を捕まえていただきたい。それだけです」

「わかった。なんとしてでも、捕まえてみせる」

剣一郎は約束をして『丹精堂』をあとにした。


横山町から須田町に向かった。

剣一郎は昔の陽炎一味との違いは侍が加わっているかどうかかもしれないと思った。

六年前、陽炎一味が忍んだ商家は浅草田原町《あさくさたわらまち》にある古着屋の『奈良屋《ならや》』と神田須田町にあった酒問屋の『但馬屋《たじまや》』だ。陽炎一味は『但馬屋』の盗みを最後に動きをやめた。錠前破りの伊勢蔵がいなくなったためだろうが、なぜ、新たな錠前破りを見つけようとしなかったのか。ただ、見つからなかっただけか。

水川秋之進と剣一郎の読みでは今回、盗みを再開した陽炎一味は、あと三件の盗みを働く。その考えは剣一郎も頷ける。

短期間で荒っぽい仕事をして江戸を離れる。その秋之進の想像も外れていないように思える。

あと三件のうち、二件はまさか……。

かつて忍んだところに再び入るだろうか。六年前襲われた『但馬屋』にしても『奈良屋』にしても、一度被害にあったところは用心深くなっているはずだ。

剣一郎は須田町にやってきた。六年前の被害の様子を改めて聞くことで、何か探索の手がかりが得られるかもしれないとも考えた。須田町の酒問屋『但馬屋』の前に立った。大きな酒問屋だった。

店先にいた番頭に声をかける。

「主人に会いたい」

「これは青柳さま。どうぞ、こちらへ」

まるで剣一郎を待っていたかのように、番頭は店座敷の隣の部屋に招じて、主人を呼びに行った。

すぐに主人がやって来た。四十半ばだ。六年前に会ったときに比べ、だいぶ鬢《びん》に白いものが目立っている。

「青柳さま。またぞろ、陽炎一味が出没していると」

「耳に入っているか」

「はい。じつは……そのことと直接関係があるとは言えませんが……」

主人が身を乗りだし、

「近頃、煙草売りの男が店を覗《のぞ》いていたり、裏口の前をうろついていたりしていたのです」

と、訴えた。

「今までそのようなことは？」

「いえ、ありませんでした。それで、もしや、陽炎一味がまたここを狙っているのではないかと無気味に思い、青柳さまにご相談に上がろうかと思案していた矢先でございました」

さっきの番頭の様子はそれでかと思った。

「青柳さま、陽炎一味はまた『但馬屋』を……」

「わからぬ。だが、用心するに越したことはない。陽炎一味の手口は仲間を昼間のうちに屋敷内に忍び込ませ、床下に隠れさせている。女中などが裏口から出た隙を狙ってもぐり込むことが考えられる。その点を注意するように」

「わかりました」

「それから、女中や下男で新しく雇った者はいるのか」

「いえ、一番最後に雇ったのは二年前です」

「そうか。見廻りをさせるが、店の者にも言い、用心を怠《おこた》らぬように」

「はい」

剣一郎は『但馬屋』から田原町の『奈良屋』に向かった。

柳原《やなぎわら》通りから浅草御門を抜け、蔵前《くらまえ》通りを浅草までやって来た。

漆喰《しっくい》土蔵造りの『奈良屋』で主人から話を聞くと、同じように見慣れぬ煙草売りが店の周辺をうろついていたという。奇妙な偶然と片づけてよいのだろうか。

ここでも主人に用心を怠らぬように言い、剣一郎は『奈良屋』をあとにし、稲《い》荷町《なりちょう》のほうに向かった。

新堀川《しんぼりがわ》にかかる菊屋橋《きくやばし》に差しかかった。尾《つ》けられていることに気づいた。さりげなく振り返る。

商家の主人や職人、駕籠《かご》かきなどが往き来している。尾けてくる者は姿を隠したようだ。

再び、歩き出す。やはり、ついてくる。車坂町《くるまざかちょう》の角を曲がるとき、背後に目をやって、はっとした。

煙草売りだった。『但馬屋』と『奈良屋』の様子を窺っていた男のことが頭を掠《かす》めた。どこかにおびき出して捕らえようと思いながら上野山下から下谷広小路にやって来たとき、前から京之進が歩いて来るのに出会った。

「青柳さま」

京之進が駆け寄ってきた。しまったと思った。尾けてきた者はこれでは諦めてしまうだろう。

「どうだ？」

剣一郎はきいた。

「はい。大店を訪ね、用心をするように言いつけています」

京之進は答える。

「じつは、須田町の酒問屋『但馬屋』と田原町の古着屋の『奈良屋』に行ってきた」

「六年前に陽炎一味に襲われたところでは？」

「そうだ。一度侵入に成功しているのであれば、店の内部もくわしくわかる。二度目の襲撃も十分に考えられる。すると、『但馬屋』、『奈良屋』とも見知らぬ煙草売りが店の周辺をうろついていたのだ」

「こないだの『丹精堂』でも煙草売りが……」

はっとしたような表情で、京之進は答えた。

京之進と立ち話で別れ、剣一郎は御成道に入った。もう尾けてくる者はいなかった。

第二章　新たな標的

一

翌日も、剣一郎は編笠《あみがさ》をかぶって須田町にやって来た。

酒問屋の『但馬屋』を遠目に見る。煙草《たばこ》売りの男は目に入らなかった。昨日、田原町の古着屋『奈良屋』から尾《つ》けてきた煙草売りは、剣一郎が京之進と出会ったあと、尾行を諦《あきら》めたようだった。

陽炎一味の者かもしれない。剣一郎のあとを尾けたのは『奈良屋』から出て来た編笠の侍《さむらい》の正体を探ろうとしたとしか考えられない。同心《どうしん》の京之進と出会ったのを見て、奉行所の者だと悟ったのだろう。

須田町から八辻ヶ原に出て筋違御門を通り、御成道を経《へ》て下谷広小路に向かった。

陽炎一味は『丹精堂』襲撃から半月後に『紅屋』を襲った。次の押し込みまで同じくらいの間をとるだろうか。その確証はなかった。

今夜にも三件目の商家に押し入るかもしれない。剣一郎の歩く途上でも、小者や下っ引きが陽炎一味を警戒して、大店《おおだな》の周りを見張っている。一度襲ったところをまた狙《ねら》わないとも限らない。

剣一郎は上野新黒門町に差しかかると、金沢に本店のある質屋『難波屋』のことがふと脳裏《のうり》を掠《かす》めた。

『難波屋』も一味が狙うのではないかと北町与力の水川秋之進が示唆《しさ》した範囲内にある。出店だけに、他の被害にあった商家から比べれば小さいが、それでも質屋なので立派な土蔵を構えていた。

陽炎一味が数ある大店をさしおいて、『難波屋』を狙うことは考えにくいが、万が一ということもある。剣一郎は足を『難波屋』に向けた。

黒板塀で囲われた土蔵造りの店に入って行く。

帳場《ちょうば》格子《ごうし》の中にいた番頭が、

「これは青柳さま」

と、立ち上がって、

「申し訳ありません。主人の幸四郎はさっき外出してしまいました」

「いや、そなたに話しておけばいい」

剣一郎は気にせずに言い、

「じつは、耳に入っていると思うが、陽炎一味という盗賊が近頃二件の押し込みを働いた。念のために、用心をしておくように」

「他に大きなお店もありますが、私どもも狙われるのでしょうか」

番頭は表情を険《けわ》しくした。

「よもやと思うが、用心しておくに越したことはないのでな」

「わかりました」

「陽炎一味は仲間のひとりを昼間のうちに庭に忍び込ませる。女中が出入りする裏口を狙うようだ。忍び込んだら床下に隠れ、夜更《よふ》けになって裏口を開けて仲間を引き入れる。そのことを十分に気をつけるように」

「畏《かしこ》まりました」

「そなたも大坂の『堺十郎兵衛』から来たのか」

「はい、さようでございます」

「もともとの『能登屋』出身の奉公人はいるのか」

「いえ。江戸にはおりません」

「いない？　どうしてだ？」

「もう十年ほど昔の話ですし、もともと『能登屋』の奉公人は多くはなかったものですから」

「やめていった者も多いのか」

「さあ、私はよくわかりません」

番頭は顔を俯《うつむ》けて言う。

「滅多《めった》なことは言えないか」

「いえ、そういうわけでは……」

「邪魔した」

剣一郎は『難波屋』を出て、上野山下から稲荷町を経て田原町にやって来た。

『奈良屋』にも奉行所の小者が張り付いている。

そのことを確かめて、剣一郎は駒形《こまがた》から蔵前に進む。

富裕《ふゆう》な商人といえば、蔵前の札差《ふださし》だ。元旅籠町《もとはたごちょう》、森田町《もりたちょう》、御蔵前片町《おくらまえかたまち》、天王町《てんのうちょう》では、百軒以上の札差が商売をしている。

ただ、陽炎一味は土蔵に千両箱が唸《うな》っているはずの札差は狙わないだろう。

豪商の屋敷は奉公人も多く武士相手の商売なので、相手の無体《むたい》な要求に立ち向かうために屈強《くっきょう》な奉公人を雇っているところも多い。五人程度の押し込みでは対処出来ない。

そう考えるのは油断であって、盗《ぬす》っ人《と》からすれば札差は狙い目かもしれない。念のために、京之進に札差の総代《そうだい》を通して注意を呼びかけておこうと思った。

剣一郎は蔵前を素通りし、浅草御門を抜けた。

奉行所に戻って、宇野清左衛門の部屋に向かった。

「宇野さま、よろしいでしょうか」

声をかけると、清左衛門はすぐ振り向いた。

「青柳どのか。わしからも伝えることがあるのだ」

そう言い、清左衛門は立ち上がった。

隣の部屋で差し向かいになった。

「今のところ、北町との探索に、不都合はありません」

「うむ」

「それより、水川どのからの返事はまだありませんか」

「いや、あった」

「ありましたか。では、やはり断られましたか」

「同心の室谷を介してで十分だという返事だった」

陽炎一味の件で会って綿密《めんみつ》な打ち合わせをしたいと、南町奉行所として正式に申し入れをしたのだ。同心の室谷からもその旨《むね》を秋之進に伝えてもらったが、埒《らち》があかないので、清左衛門から申し入れてもらったのだが……。

「なぜ、頑《かたく》なに会おうとせんのか」

清左衛門は首を傾《かし》げ、

「青柳どのに対して複雑な思いがあるからだろうか」

「やはり、水川どのは何か隠しているからでしょう。私からそれに触れられるのがいやなのかもしれません」

「それはなんだ？」

「まだわかりません。水川どのは私に対して敵愾心《てきがいしん》を抱いて、私の上に立ちたいという思いが強いのはわかります。陽炎一味の探索の件に私を引き入れたのも私への挑戦でしょう。しかし」

剣一郎はため息をついて続ける。

「それだけではありません。証がないのにこんなことを言うのはよくありませんが、水川どのは加賀藩の誰かとつながり、さらには老中《ろうじゅう》の磯部相模守《いそべさがみのかみ》さまとつながっているように思えます。相模守さまは私が献上品《けんじょうひん》の盗難の件を暴《あば》いたことで遺恨《いこん》を持っているのではありますまいか。水川どのの動きは相模守さまの意《い》向《こう》を汲《く》んでのことかもしれません。そして……」

剣一郎は慎重に言葉を選びながら、

「加賀藩絡《がら》みのことで何かを画策《かくさく》しているとも考えられます。ただ、それが何なのかまだわかりません」

「献上品の加賀友禅の反物《たんもの》をめぐっての不可解な動きもまだはっきりせぬからな」

清左衛門は顔をしかめる。

「ただ、今回の陽炎一味の件はそれらとはまったく関わりありません。江戸の人々が危険に晒《さら》されることがあってはいけません。今は敢然《かんぜん》と陽炎一味と闘わねば」

剣一郎は闘志を顕《あら》わにした。

「加賀友禅に絡む加賀藩の騒動の件だが、加賀藩に侵入している御庭番《おにわばん》からまだ知らせはないのだな」

清左衛門がため息混じりにきいた。

「はい。未だ……」

加賀藩で今何かが起きている。そのことを探るために御庭番が加賀藩領に侵入しているのだ。

その加賀藩の騒動に、老中の磯部相模守がどう絡み、さらに北町与力《よりき》の水川秋之進がどう関わっているのか。

秋之進は対抗する気持ちから剣一郎に挑んでいるのであろう。だが、その秋之進の思いを磯部相模守がうまく利用しているのではないか。

秋之進が剣一郎に会おうとしないのはその負い目からかもしれない。

「ともかく、今は陽炎一味のことです」

剣一郎は改めて口にする。

「うむ。これ以上の被害は出したくない。これが純粋に北と南とが手を組んで陽炎一味と対決するというのであれば喜ばしいことだが……」

清左衛門は苦い顔をした。

夕方になって、剣一郎は奉行所を出て屋敷に向かった。

海賊橋を渡り、茅場町薬師の前にやって来たとき、ちょうど境内《けいだい》から出てくる釣り好きの卯平と出会った。

「青柳さま」

卯平が微笑《ほほえ》みかけた。目尻が下がり、ひとの心を和《なご》やかにするような表情だ。

「薬師さまにお参りか」

剣一郎は声をかけた。

「はい。この足を治していただこうと思いましてね」

卯平は左足の膝《ひざ》をさすった。

「足はどうしたのだ?」

「五年ほど前に荷を山ほど積んだ大八車《だいはちぐるま》に轢《ひ》かれてしまいまして。半年経《た》ってやっと痛みがなくなったんですが、膝が曲がらなくなりました。隠居したら、お伊勢《いせ》さんに行くのを楽しみにしていたんですが……。それでも治るものなら治したくてあっちこっちにお参りをし、一年ほど前にこっちに引っ越してからは、毎日薬師さんにお参りに来ています」

「それはそれは」

剣一郎は卯平の薬師への信仰心に感心し、

「強い気持ちがあれば、きっとよくなる」

と、素直に口にした。

「はい。薬師さまのおかげで今は足を引きずりながらですが、杖《つえ》なしで歩けるようになりました。いずれ、江戸の近くまでは行楽に行けるようになりそうです」

「そうか。それはよかった」

剣一郎は微笑み、

「では」

と、会釈《えしやく》して去ろうとした。

「こないだも申し上げましたが、ぜひ一度、我が家にお立ち寄りください。楽しみにしております」

卯平が声をかける。

「うむ。落ち着いたら寄らせてもらう」

「はい。お待ちしております」

剣一郎は卯平と別れ、屋敷に帰った。

その夜、夕餉《ゆうげ》のあとに太助がやって来た。剣一郎が食事をとり終えるのを見計らってやって来るようだと、最近になってわかってきた。

庭先に立った太助は、

「青柳さま。同心の室谷の動きでちょっと妙なことが」

と、声をひそめた。

「なんだ？」

「室谷は昨日、箱崎町《はこざきちょう》二丁目にある海産物問屋の『川津屋《かわつや》』に入って行きました。出てきたのは四半刻（三十分）ほど経ってからです」

太助は室谷のことを呼び捨てにした。

「陽炎一味への注意を呼びかけるためではないのか」

「じつはきょうは、室谷と水川秋之進さまがいっしょだったんです」

「………」

「水川さまは陽炎一味の次の狙いを、海産物問屋の『川津屋』だと睨《にら》んでいるんじゃないでしょうか」

「そうか」

剣一郎は思わず顎《あご》に手をやった。

「なぜ、北町は『川津屋』が狙われていると考えたのだろうか」

剣一郎はそこが知りたかった。秋之進の考えは、今のところほとんど的中しているといっていい。

「太助」

ふと、思い出して、

「飯はまだだろう。食って来い。支度《したく》してあるはずだ」

と、剣一郎はせき立てた。

「毎日のようだと気が引けて」

「そんな遠慮をすると、多恵が嘆《なげ》くぞ」

「へえ」

「ほら、また腹の虫が鳴いた」

「えっ」

太助はあわてて腹を押さえ、

「ほんとうに鳴いてましたか」

と、きいた。

「いいから食って来い。話はそれからだ」

「わかりました」

「ここから上がっていけ」

「いえ、裏にまわります」

太助は庭先から離れた。

ひとりになって、剣一郎は再び秋之進のことを考えた。

陽炎一味の押し込み先は最初は横山町の『丹精堂』、半月後に本石町の『紅屋』。そして、次はどこを狙うか。

秋之進が箱崎町二丁目の海産物問屋『川津屋』を考えたとしたら、その根拠は何なのだろうか。

最初の『丹精堂』は、秋之進の使っている密偵が『丹精堂』の様子を窺《うかが》っている怪しい男を見ていたことからだ。二度目は強風の夜に勘が働いて警戒していたところを『紅屋』が襲われた。

三度目はなにをもって『川津屋』だと目星を付けたのか。剣一郎の知ることからだと考えられる材料は少ない。おそらく、秋之進は剣一郎より多くをつかんでいるのであろう。

秋之進と直《じか》に会ってききたいが、逃げられている。加賀藩との結びつきや磯部相模守との関係に触れられるのがいやなのだろうか。

　太助が庭先に戻ってきた。

「もう食ってきたのか」

「はい。昔から早食いでして」

　太助は笑みを消して、

「さっきの『川津屋』のことですが、これからどうしますか」

「まず、上がれ」

　剣一郎が言うと、太助は濡縁《ぬれえん》から上がってきた。

「今後のことだが」

　太助が腰を下ろしてから、

「残念ながら、水川どのの考えに及びもつかぬ。『川津屋』に行き、水川どのとどのような話をしたのかきき出したいが、すぐに水川どのの耳に入るだろう。それは避けねばならぬ」

「へえ」

「水川どのは他の店に顔を出したか」

「さあ、わかりませんが、水川さまを見かけたのは『川津屋』だけです」

「同心の室谷はどうだ？」

「室谷も他の店にはただ注意をしてまわっているだけです。『川津屋』みたいに、中に入って四半刻以上も出てこなかったことはありません」

「『川津屋』だけ特別なのだな」

「そのようです」

「やはり、水川どのは『川津屋』に目をつけているようだ」

「これから『川津屋』一本に絞って見張ってみますかえ」

「うむ。北町も見張っているから気をつけるのだ」

「見張りがいるかどうか、これから箱崎町の様子を見てきます」

太助は立ち上がった。

「今夜はいい」

「でも、北町が張っているかどうかだけでも確かめてきます。明日の朝、また参ります」

太助は素早く庭の暗がりに消えて行った。

襖《ふすま》が開いて多恵が入って来た。

「あら、太助さんは？」

「帰った。用があるらしい」

「まあ」

多恵は落胆した。

「西瓜《すいか》が冷えていたのに」

「たまには剣之助に相手をしてもらったらどうだ？」

「だめです。剣之助は志乃にべったりだから」

「妬《や》けるか」

「仕方ありませんわ」

多恵は寂しそうに言う。

「そうだな。剣之助と志乃が仲むつまじいのはよいことだ」

「そうですね」

「るいも弥之助と仲良くやっている。わしらも安心だ」

「ええ。今は太助さんがいますし」

多恵は顔を綻《ほころ》ばせる。

「そうよな」

「あら、いい月が」

多恵が濡縁に出て夜空を見上げた。ほぼまん丸な月がくっきりと顔を出していた。

多恵は穏やかな表情で月を眺めていたが、剣一郎は陽炎一味のことが頭から離れず、つい厳しい顔になっていた。

二

翌朝、髪結いが引き上げると同時に庭先に太助が立った。

「昨夜、北町は『川津屋』には誰も置かなかったようです」

「付近の家に部屋を借り、待機しているのではないか」

「いえ、窓の隙間《すきま》から見張っているような気配はありませんでした」

「どういうことなのだろう」

剣一郎は不思議に思った。昨日の太助の話では、秋之進は次の押し込み先は『川津屋』だと見当《けんとう》をつけているようだが……。

「狙いは別の店だと判断したのでしょうか」

「そうかもしれぬ。今日も北町の動きから目を離すな」

「へい」

太助は引き上げていった。

剣一郎は出仕《しゅっし》し、すぐに宇野清左衛門のところに行った。

「ここで結構です」

文机《ふづくえ》の前から立ち上がろうとした清左衛門に言い、

「調べていただきたいことが」

と、剣一郎は切り出した。

「うむ、何か」

「箱崎町二丁目の海産物問屋『川津屋』についてです。主人がどのような人物かも」

「『川津屋』に何か」

「水川どのが、陽炎一味の次なる標的として『川津屋』を気にしていたようです。水川どのがどういう根拠で『川津屋』に目をつけたのか、それを探りたいのです」

「わかった。さっそく『川津屋』に関わった者がいるかあたってみよう」

「お願いいたします」

「陽炎一味の探索はいかがか」

清左衛門はやや前のめりになってきいた。

「手掛かりはなにもありません。北町は何か重大な手掛かりを隠しているように思えてなりません」

「やはり、陽炎一味が次に狙うのが『川津屋』だと調べ上げた上で、水川どのは青柳どのを探索に加えたのではないか」

清左衛門は、秋之進に不審を募《つの》らせているようだ。

「ただ、六年前に陽炎一味に忍び込まれた須田町の『但馬屋』と田原町の『奈良屋』に煙草売りの格好をした怪しい男が現われているのです。陽炎一味は再度、『但馬屋』と『奈良屋』に狙いを定めているとも考えられます」

「煙草売りの男は下調べか」

「そうではないでしょうか。水川どのの密偵が横山町の薬種問屋『丹精堂』の様子を窺っている怪しい男を見ていたそうです。その怪しい男と同一人物かもしれません」

「『但馬屋』と『奈良屋』には？」

「見張りをつけています」

剣一郎は言ってから、

「水川どのと会い、お互いに知り得たことを交換すれば、もっと陽炎一味の動きを読むことが出来るのですが」

「水川どのは青柳どのより先に陽炎一味を捕まえようと血道を上げているのだ。なんという姑息《こそく》な男だ」

「狙われているのは『但馬屋』か『奈良屋』かもしれません」

「うむ。いずれにしろ、陽炎一味は近々、どこかに押し込むのは間違いないのだろうな」

「はい。このことについては、水川どのの考えが当たっていると思います。陽炎一味は短期間で五件の押し込みを企《たくら》んでいる。一味五人全員がひとり頭一千両を手に入れ、江戸を離れる……」

「そうか」

清左衛門は暗い顔をし、

「これ以上の押し込みを許すわけにはいかないが、水川秋之進の思うままにはさせたくない。なんとしてでも、青柳どのの手によって……」

清左衛門は言い過ぎに気づいたのか、あとの言葉を呑《の》んだ。

「では、これから町廻りに行ってきます」

「よろしく頼みましたぞ」

清左衛門は鋭《するど》い目を向けて言う。

北町に負けるなと、清左衛門の厳しい目は言っていた。


剣一郎が須田町の『但馬屋』が見える場所にやって来ると、ふと視線を感じ、向かいの油問屋の二階に目をやった。

障子が微《かす》かに開いている。しばらくして路地から京之進が出てきた。

「部屋を借りたのか」

「はい。わざわざ空けてくれました」

京之進は答えてから、

「『丹精堂』などで見かけられている煙草売りですが、やはり同じ者のようです。人相は、四角い顔で、濃くて太い眉、鼻も大きかったそうです」

「やはり、そうか」

「下見をしていたのに違いありません。それで急遽《きゅうきょ》、部屋を借りることにしました」

「ご苦労であった」

「『奈良屋』のほうも、斜め前の商家の二階を借りることが出来ました。両方の主人とも六年前の陽炎一味による事件を知っていたので、喜んで協力してくれました」

「それはよかった」

「他の店には不審な男は現われていないので、陽炎一味が目をつけているのは『但馬屋』か『奈良屋』のいずれかだと思われます。当番方《とうばんかた》の同心を動員し、二手に分かれて監視します」

「うむ。頼んだ」

剣一郎は京之進に任せておけば心配ないと、その場を離れた。

夕方、剣一郎が八丁堀の屋敷に帰る途中、茅場町薬師の前でまた卯平と出会った。

「また、お参りか」

「はい」

「信心深いのだな」

「青柳さま」

卯平は真剣な眼差《まなざ》しになって、

「じつは青柳さまをお待ちしておりました」

と、訴えるように言う。

「何か」

「はい。ちょっとお伺《うかが》いしたいことがありまして。このようなことをお訊《たず》ねしてご不審をお持ちになると思われますが」

卯平は遠慮がちに口を開いた。

「何か」

「近頃、陽炎一味が押し込みを働いたと瓦版《かわらばん》でも騒いでおりました、その一味は押し込み先の者に姿を晒しているようでございますね」

「うむ。顔は黒い布で隠しているが、店の者の前には現われている。それがどうした？」

「その中に、背が高く、細身の男はおりましたでしょうか」

『丹精堂』と『紅屋』に押し入った陽炎一味にそのような背格好の男がいた。

「背が高く、細身の男がふたりいたようだ。何か心当たりがあるのか」

卯平の困惑した顔を見つめて、剣一郎はきいた。

「朝、霊岸島《れいがんじま》のほうに散策に出かけた折、ある男とばったり会いました」

「ある男？」

「はい。その男は昔の知り合いの息子で、勘当《かんどう》されたあと、盗っ人の仲間に入ったかもしれないので……」

「盗っ人とは？」

「陽炎一味です」

「なに、陽炎一味？　その男と会ったというのか」

「はい。でも、声を掛けたところ、逃げるように立ち去ってしまいました。こんな足ですから追い掛けることも出来ませんでした」

卯平は悲愴《ひそう》な顔をして、

「背格好は背が高く細身です」

「男の名と歳は？」

「文次《ぶんじ》です。確か、今はもう三十半《なか》ばだと思います。父親も心配しておりました」

「その文次はどっちに行ったのだ？」

「南新堀《みなみしんぼり》一丁目で見失いました。青柳さま……」

卯平は不安そうな目を向け、

「文次はほんとうに陽炎一味なのでしょうか」

「背が高く細身の男はいくらでもおる。だが、念のために調べてみよう。顔立ちは？」

「はい。細面で額《ひたい》が広く、目が窪《くぼ》んで頬骨《ほおぼね》が突き出ています」

「よし、わかった」

「申し訳ございません。もしかしたら、まったく関わりのないことをお伝えしてしまったかもしれませんが」

卯平は申し訳なさそうに言う。

「いや。決して無駄ではない」

剣一郎はすぐに屋敷に帰り、夕餉をとってから着流しで編笠をかぶって外出した。辺《あた》りは暗くなっていた。茅場町薬師の前を通り、南茅場町に入って日本橋川に沿って大川のほうに向かう。

亀島川《かめしまがわ》を渡って霊岸島に入る。草いきれを浴《あ》びながら、やがて、南新堀一丁目に着いた。

編笠をとり、剣一郎は玉砂利《たまじゃり》を踏んで自身番《じしんばん》に顔を出した。

「これは青柳さま」

詰めていた家主《やぬし》が驚いたように言う。

「つかぬことをきくが、この町内に文次という男が住んでいるかどうかわかるか。三十半ばで背が高く細身だ」

「さあ」

家主は考えているようだった。

「見かけたことはありません」

「町内でここ数か月のうちに家を借りた男がいるかはどうだ?」

もうひとりの家主や番人もいっしょに考えていたが、

「ちょっと思い当たりません」

と、家主は首を横に振った。

「そうか。すまなかった」

剣一郎は自身番を出て、町中を歩いてみた。小商いの店が並ぶ通りはどこも大戸が閉められ、人通りも疎《まば》らだった。

「貸間あり」の札が軒下に下がっている店もあった。秋之進の考えでは、五人がそれぞれ家を借り、押し込みのときはその家に集まり、決行後もそこに逃げ帰る手筈《てはず》だという。その考えに従えば、文次が家を借りているか、あるいは文次は仲間が借りている家に用があったということになる。

念のために隣町の自身番で同じことをきいたが、やはり文次のことはわからなかった。

明日、明るいうちに京之進に調べてもらうことにして、剣一郎は来た道を引き返した。

茅場町薬師の前に差しかかったとき、卯平の家に寄ってみようと思った。文次についてもっと聞きたいことがあった。

途中で家を聞いて、剣一郎は薬師の裏手に行き、荒物屋の隣にある一軒家に向かった。

剣一郎は格子戸の前に立ち、戸を叩いた。

やがて内側から物音がした。

「夜分にすまない。青柳剣一郎だ」

剣一郎が言うと、すぐに戸が開いた。

「青柳さま」

卯平は目を見開き、

「さあ。どうぞ、お上がりください」

と、うれしそうに勧《すす》めた。

「では」

剣一郎は編笠を置き、腰から刀を外して部屋にあがった。

火をおこし、湯を沸かそうとする卯平に、

「夜遅いゆえ、茶はこの次に馳走《ちそう》になる」

と、剣一郎は言い、

「霊岸島の帰りだ」

「さようでございますか。さっそく、行ってくださったのですか」

「だが、見つけ出せなかった。明日、他の者を使ってもう一度探させるつもりだ」

「よろしくお願いいたします」

「そこで文次のことを詳しく知りたい」

「私がよく知っているわけではありませんが」

「知り合いの息子と言っていたな？」

「はい。本郷《ほんごう》三丁目にある薪炭《たきぎ》問屋『丸見屋《まるみや》』の主人文兵衛《ぶんべえ》でございます。五年前に亡くなって、今は長男があとを継いでいるようです。文次は次男でした」

「勘当されたということだが、文次は素行が悪かったのか」

「はい。若い頃から賭場に出入りをしていました。喧嘩《けんか》もしょっちゅうで、止《や》むなく勘当したそうです。文次が二十二、三のときだったと思います」

「その後、陽炎一味に入ったかもしれぬということだが、どうしてそんなことを知ったのだ。当時の陽炎一味は誰にも姿を見せていなかったはずだ」

「文次の父の文兵衛がそのようなことを言っていまして……。文次は江戸から姿を消し、小田原の方に行っていた時期があったそうです。その時期にちょうど、東海道の街道筋の宿場町で陽炎一味が盗みを働き出しました。それから、六年前に私が文兵衛と両国《りょうごく》に行ったとき、偶然に文次に会ったのです。文次は羽振《はぶ》りがよさそうでした。その頃、ちょうど江戸では陽炎一味が盗みを働いていたときでした」

「なるほど」

「朝見かけた文次は、やはり羽振りがよさそうに思えました。そして、またも陽炎一味が出没しているのです。もしや、と気になりまして」

「文次はそなたのことを知っているのか」

「はい。知っています」

「昼間、会ったとき、文次もそなたに気づいたのか」

「気づきました。だから、逃げたのでしょう」

「六年前に両国で会ったとき、文次はひとりだったのか」

「はい。ひとりでした」

「六年前、陽炎一味はぴたっと盗みをしなくなったのだ」

「はい。青柳さまが一味にいた錠前《じょうまえ》破りを捕まえたからですね」

「その後、文次の行方もまたわからなくなったのか」

「はい、そうです。それがきょう偶然に出くわしたのでびっくりしました」

卯平は身を乗りだし、

「文次が陽炎一味かもしれないと思いながらも、疑問があるのです。ひとを殺したことが私には信じられません。一味は六年前までは決してひとを殺さなかったのですから」

「錠前破りがいなくなって荒っぽい仕事をせざるをえなくなったのではないかという見方もあるが」

「なるほど……」

卯平は目を細めていた。

剣一郎はふと思いつき、

「文次が逃げるように立ち去ったあと、そなたは追い掛けようとしたのだな。それほど思い入れがあったのか。追いついて何を話すつもりだったのか」

と、矢継《やつ》ぎ早《ばや》に問いかけた。

「……文兵衛のことです。父親のことを伝えたくて」

少しの間があって、卯平は答えた。

「そうか」

剣一郎は念のために、

「文次に背が高く細身、細面で額広く、目が窪みがちで頬骨が出ているという以外に何か特徴はないか」

「目尻はつり上がっています。顎も尖《とが》っているので狐《きつね》のような顔だちでした。そうそう、文次は左利《き》きです」

「左利き？」

「はい。父親が右利きに直そうとしたが、うまくいかなかったと話していました」

「そうか、左利きか」

剣一郎はもう一度呟《つぶや》いた。

それ以上聞くことがないと思い、

「夜分に邪魔した」

と、立ち上がった。

外に出ると、ようやく涼しい風が吹いてきた。

屋敷に帰ると、ついさっきまで太助が待っていたと、多恵が言った。

「明日の朝、来るそうです」

「もう、五つ半（午後九時）をだいぶ過ぎているのか」

剣一郎はふとんに入ったが、なかなか寝つけなかった。文次が南新堀一丁目に現われた理由を考えていた。

日本橋川の対岸に海産物問屋『川津屋』がある。本当に文次が陽炎一味だとすればそこを狙うために、仲間の隠れ家に向かうところだったのではないか。

胸騒ぎがしてならなかった。そのとき、猫の鳴き声が聞こえ、剣一郎ははっと飛び起きた。

障子《しょうじ》を開け、濡縁に出る。

太助が庭先に立っていた。

「青柳さま。『川津屋』が襲われました。すでに北町が駆けつけました」

太助の声が雷鳴のように耳元で轟《とどろ》いた気がした。

剣一郎は手早く着替え、太助と共に屋敷を飛び出した。

「太助。『川津屋』の被害の様子を探ってくるのだ」

「えっ、青柳さまは？」

「わしは霊岸島に行く。わけは、あとだ」

「へい」

海賊橋を渡り、京橋を経て箱崎町に向かう太助と分かれ、剣一郎は霊岸島に急いだ。

もし、一味の隠れ家があるなら必ずそこに戻ってくる。そう考えてのことだった。

亀島川を渡り、霊岸島にやってきた。北に向かい、日本橋川にかかる湊橋《みなとばし》の袂《たもと》に辿《たど》り着いた。箱崎町から霊岸島に渡るならこの橋を使うはずだ。

だが、暗い橋の上に人影はなく、賊がいたとしても、すでに渡り終えてしまったのかもしれない。

南新堀一丁目を歩き回り、それから二丁目に入り、大川端町《おおかわばたちょう》へと足を進めた。五人組の姿は見出せない。

大川端に立った。波が打ち寄せている。すでに、一味は隠れ家に潜んでしまったのだろう。

剣一郎は憤然《ふんぜん》としばしその場に立ち尽くしていた。

三

翌早朝、太助が駆け込んできた。

「青柳さま。『川津屋』の主人亀太郎《かめたろう》が土蔵の前で袈裟懸《けさが》けに斬《き》られたそうです」

「死者が出たのか」

「はい。もうひとり、番頭も命を落としました……」

「ふたりか」

「ただ、北町がすぐに駆けつけたので一味は金を盗らずに逃げ出したそうです」

「金は盗られなかったか」

「はい」

「で、そこに水川どのは」

「いらっしゃいました」

「やはり、いたのか」

「はい。知らせを受けて八丁堀から駆けつけたというより、あの付近で警戒をしていたようです」

「水川どのの読み通り、陽炎一味は『川津屋』に押し込んだということか」

剣一郎はなぜ、水川には『川津屋』が狙われるとわかったのか、そのわけを知りたかった。

それから太助とふたりで朝餉をとり終えると、京之進が駆けつけてきた。目が赤いのは昨夜寝ていないせいであろう。

「青柳さま、お聞きになりましたか」

太助を見てから、京之進は言う。

「陽炎一味が『川津屋』に押し込んだそうだな」

「はい。私は『但馬屋』を見張っていたのですが、小者が知らせてくれて、すぐに須田町から箱崎町に向かいました。私が駆けつけたのは、押し入ってから半刻(一時間)ほどでしょうか。すでに北町の連中が集《つど》っていて、私は中に入れてもらえませんでした」

「何、共に探索をしているはずなのに、入れてくれなかったのか?」

「はい。北町に任せてもらうと水川さまに言われました。ただ、被害の様子は教えてくれました」

京之進は続ける。

「やはり、一味のひとりが昼間のうちに庭に入り込んで床下に忍んでいた形跡があったそうです。雨戸をこじ開けて中に入り、主人夫婦を脅《おど》して土蔵の鍵を持ってこさせたのですが、番頭が騒ぎそうになったので番頭を殺し、主人に鍵を持たせ、土蔵まで行った……」

番頭の件を除《のぞ》けば、ほぼ『紅屋』と同じ状況だったようだ。

「北町は一味がまだ『川津屋』にいるときに駆けつけたのか」

「いえ、ちょうど一味が裏口から出てきたところに室谷どのは駆けつけたそうです。すると、一味は盗み出そうと担《かつ》いでいた千両箱を置いて逃げ出したとか」

「で、ひとりも捕まえられなかったのか」

「そうです」

「よし、北町はすでに『川津屋』に行っているな」

昨日は夜が更けており、今朝になって改めて内儀《おかみ》や奉公人たちから話を聞くことになるはずだ。

「よし、行こう」

「はっ」

「太助。霊岸島周辺に陽炎一味の隠れ家があるはずだ。そなたはそちらを当たれ。一味の中に、文次という男がいるかもしれない。背が高く細身だという。目尻がつり上がって顎も尖っているので狐のような顔だちらしい。それから、左利きだそうだ」

「わかりました」

「見つけても無茶はするな」

「へい」

太助は勇んで屋敷を飛び出して行った。

その日は髪結いを断り、剣一郎は京之進と共に箱崎町二丁目の『川津屋』に急いだ。

『川津屋』は行徳河岸《ぎょうとくがし》にある。大戸は閉まったままだ。潜《くぐ》り戸から北町の小者が出入りをしていた。

剣一郎と京之進も潜り戸から土間に入った。

女中の案内で奥の部屋に行く。線香の香りが漂っていた。まだ、同心の室谷は来ていないようだ。

部屋に着くと、北枕で『川津屋』の主人亀太郎が顔に白い布をかぶせられて寝かされていた。傍《かたわ》らにいる内儀らしい女が呆然《ぼうぜん》としていた。三十半ばぐらいだろうか、面長の色白の顔は青ざめている。

「内儀か。南町の青柳剣一郎である」

剣一郎は名乗ってから、

「痛ましいことだ」

と言い、亡骸《なきがら》に向かい手を合わせた。

「番頭の亡骸は?」

「番頭さんの部屋に」

「番頭はなぜ殺されたのだ？　歯向かったのか」

「わかりません」

内儀は首を振ってから、急に厳しい顔になって、

「青柳さま。どうぞ、仇《かたき》を討ってください。陽炎一味を捕まえてください。お願いいたします」

と、訴えた。

「必ず、仇を討つ」

そう言ってから、

「すまないが、亀太郎の傷を見たいのだが」

と、剣一郎は頼む。

「どうぞ」

内儀は小さな声で答える。

剣一郎はもう一度手を合わせて覆っている布をまくり、亡骸の右側の首筋から胸の辺りに目をやった。

鋭い斬り口だった。相当剣の扱いに慣れた者、腕の立つ侍だろう。

傷を見終えてから、剣一郎は内儀に顔を向け、

「内儀も賊と接したのだな」

「はい。物音に目を覚ますと、三人の黒装束の男が立っていました。有明行灯《ありあけあんどん》の明かりだけですから顔はまったく見えませんでした」

「姿形はどうだ？」

「ひとりはがっしりした体つきで、あとのふたりは背が高く、細身でした」

そのふたりのどちらかが文次なのだろうか。

「賊に縛られたそうだが、背の高い細身の男が縛ったのか」

「そうです」

「そのとき、その男が左利きかどうかわからなかったか」

「そうです。左利きだったかもしれません。縄をかけるとき、左手で体に巻きつけていました」

やはり、文次は陽炎一味である公算が強くなった。

「その他、何か気づいたことはないか」

「なにも……」

内儀が答えたとき、廊下にばたばたという足音が聞こえ、やがて足音の主《ぬし》が現われた。

「青柳さま」

　室谷だった。

「ここは北町が……」

「この期《ご》に及んで北町、南町と言っている場合ではなかろう」

「………」

　室谷は返答に詰まった。

「そなたは昨夜、どうして『川津屋』に押し込みが入ったことを知ったのだ？」

「水川さまに言われ、『川津屋』周辺を見廻っていたのです。すると、裏通りに複数の怪しい人影を見つけたので追い掛けたところ、千両箱を我らに向かって投げつけ、そのまま逃げだしました。千両箱を担いだままでは逃げられないと思ったのでしょう」

「賊はどっちのほうに逃げたのだ？」

「浜町堀《はまちょうぼり》のほうです」

「追ったのか」

「はい。追いましたが逃がしてしまいました。せっかく賊に出くわしたのに、ひとりも捕まえることが出来なかったことで、水川さまから叱責《しっせき》されました」

室谷は悔しそうに言う。

「やはり、床下に誰かが隠れていた跡はあったのか」

「ありました。『紅屋』のときと同様、土蔵を入った床の上には置き文が」

「亀太郎と『紅屋』の番頭の傷は同じか」

「同じ者の仕業《しわざ》に見えます」

室谷は答えてから、

「青柳さま。申し訳ございません。ここは我らにお任せを。何かわかったら、お知らせいたしますので」

「いいだろう」

剣一郎は立ち上がり、京之進とともに『川津屋』を出た。

「霊岸島に付き合ってもらいたい」

剣一郎は京之進に言い、箱崎橋を渡った。

北新堀町に入り、今度は日本橋川に掛《か》かる湊橋を渡って霊岸島の南新堀にやってきた。剣一郎は道々、文次の話をした。

「『川津屋』の内儀の話からも陽炎一味に文次らしい男がいたことがわかる。おそらく間違いないだろう」

「霊岸島のどこかに一味の者の隠れ家があるはずですね」

「室谷どのは浜町堀のほうに逃げたというので、そっち方面にも一味の誰かの家があるのかもしれぬが、霊岸島にもあるはずだ。今、太助が探しているが、おいそれとは見つかるまい。ここ一年ほどで移ってきたひとり住まいの家を片《かた》っ端《ぱし》から調べ上げてもらいたい」

「わかりました」

「ただ、陽炎一味は千両箱を奪えなかった。そうすると、近々、またどこかに押し入るかもしれぬ」

「やはり、『但馬屋』か『奈良屋』でしょうか……」

京之進が厳しい顔をした。

「他の者にも文次の特徴を伝えるのだ」

「青柳さま」

京之進が不審そうに、

「文次のことは北町には？」

「しばらくは隠しておきたい。少し気になることがあるのでな」

「気になること？」

「まだ確かなことではないので言えぬが……」

剣一郎は言葉を濁《にご》した。

「わかりました」

ふたりで八丁堀に向かうために亀島川に差しかかったとき、背後から駆けてくる足音がきこえた。

「青柳さま」

太助だった。

「霊岸島町に怪しい一軒家を見つけました」

「ほんとうか」

「はい。近所の者の話では、ひとり住まいの男の特徴は背が高く細身で、目尻がつり上がっていると」

「文次ではないか」

「はい。半年ほど前から住んでいるそうです。隣りのおかみさんが言うには二、三日前から男が何人か出入りをしていたそうです」

「で、今は？」

「いません。昨夜は帰っていないようです」

「やはり、昨夜は思惑《おもわく》が外れ、千両箱を奪えないまま北町に追われてしまい、浜町堀のほうに逃げたのでこっちに帰ってこられなかったのでしょうか」

京之進が推《お》し量《はか》る。

「そうかもしれぬな。千両箱を担いで遠くにはいけないから、押し込み先の近くに隠れ家を用意していたのだ」

「そうすると、そのうち文次が戻ってきますね」

太助が言う。

「青柳さま。その一軒家の近くで待ち伏せて文次を捕まえましょうか」

「出来たらしばらく泳がせたい。なるたけ一味全員を捕まえたいのでな」

「わかりました。見張りをつけ、仲間と接触するのを待ちます。太助」

京之進は太助に顔を向け、

「その一軒家に案内してくれるか」

「よございます」

「青柳さま。気づかれぬよう場所を確かめてみます」

京之進は断り、太助と共に霊岸島町に向かった。

剣一郎はそのまま奉行所に行った。

四半刻後、剣一郎は年番方与力詰所の隣の部屋で宇野清左衛門と差し向かいになっていた。

「昨夜、『川津屋』に押し込みが入り、主人の亀太郎と番頭が殺されました」

「なんと」

清左衛門は声を震わせ、

「陽炎一味か」

「はい」

「例のごとく北町は、押し込みが店から出るときに駆けつけました。今度は千両箱は奪い返しましたが一味には逃げられました」

室谷から聞いたことを明かし、

「じつは茅場町薬師の裏に、卯平という男が住んでおります。足の怪我《けが》を薬師の御利益《ごりやく》で治そうと、わざわざ薬師裏に引っ越してきた男です。その男の知り合いに……」

剣一郎は文次のことを話し、

「この文次が陽炎一味であることはほぼ間違いありません」

と、言い切った。

「一味のうちのひとりでもわかればしめたものだ」

　清左衛門は満足そうに頷いた。

「その文次が霊岸島に一軒家を借りていることがわかり、京之進が見張っています」

「青柳どの。陽炎一味にだいぶ近づいたようではないか」

「しかし」

　剣一郎は何かすっきりしないのだ。

「何か、引っ掛かることでも？」

「はい。水川どのの胸の内が読めないのです」

「胸の内か」

「水川どのの陽炎一味に対する読みは見事なほど当たっています。私を探索に引き入れたのも、その上で自分が陽炎一味を捕まえて私に差をつけようとしたのかとも思いましたが、昨夜も捕縛に失敗しました。あれほど陽炎一味の動きを読みながら取り逃がしたことが、水川どのらしくないと思うのです」

「どういうことだ？」

「まだ、はっきりとは言えません。ただ、水川どのの釈明を聞いてみたいと思います」

「しかし、こちらから申し入れても会おうとはせんが」

「水川どのが外出する際にでも強引に接触してみます」

秋之進にいくつも問いただしたいことがある。なんとしてでも、秋之進に会わねばならないと、剣一郎は意を強くした。

襖の外で声がした。

「失礼いたします。青柳さまはいらっしゃいますでしょうか」

見習い与力の声だ。

「何事か」

清左衛門が問いかける。

「北町の水川秋之進さまよりの使者が玄関でお待ちにございます」

「なに、水川どのの使者だと」

清左衛門が戸惑いぎみに顔を向けた。

「まさか、水川どのから声をかけて来るとは思いもしませんでした」

剣一郎はなぜ今になってと釈然としなかったが、まず秋之進と会うことが先決だと思い、使いの者のところに向かった。

四

昼八つ（午後二時）、剣一郎は鎌倉河岸《かまくらがし》にあるそば屋の二階の部屋に入った。すでに、水川秋之進が待っていた。

「お呼びたてしてすみません」

三十過ぎの端正《たんせい》な顔だちの秋之進が会釈をする。

「いや、わしも話をしなければと思っていたので」

「さようでございますか」

秋之進は軽く頭を下げ、

「昨夜、陽炎一味を取り逃がしたこと、まことに慙愧《ざんき》に堪《た》えません」

と、悔しそうに言った。

他人に対して絶対に自分の弱みを見せようとしない男だと思っていたので、意外だった。

「そのことですが、水川どのは陽炎一味が『川津屋』を襲うと、どうしてわかったのかな」

「勘とでも言えばよいのでしょうか?」

「勘?」

「それまでの陽炎一味の動きをかえりみると、横山町、本石町と、いずれも煙草売りの男が現われていました。おそらく、一味の者が様子を窺っていたものと思えます。この一味と思われる煙草売りが『川津屋』の前にも現われていたのです」

「………」

「それで、次の狙いは『川津屋』ではと考えました。しかし、他にも怪しい者を知らせる訴えはいくつもあり、まさか、前回の『紅屋』から日を置かず、昨夜押し込むとは……つい油断をしていました」

秋之進は正直に自分の失態だと言っているようだが、どうしても言い訳のように感じてしまうのは、うがった見方なのだろうか。

「不審な煙草売りのことはどうして?」

「『川津屋』の番頭が見廻りで通りかかった室谷伊之助に店の周りをうろつく者がいると話したのです。それで、くわしい話を聞きにいきました」

太助から聞いた話を思いだす。室谷が『川津屋』に入って、四半刻後に出てきた。その翌日、今度は室谷と共に秋之進が『川津屋』に入って行ったという。

「水川どのは『川津屋』には注意を呼びかけたのですか」

「もちろんです。それも失態の原因のひとつでした。すなわち、一味は昼間のうちに敷地内に侵入し、床下に夜まで隠れているからと口を酸っぱく言っておきました。番頭は戸締りのときには必ず床下も調べると言っておりましたので」

「そうですか」

「お話したかったのは、今後のことです」

秋之進が口調《くちょう》を改め、

「陽炎一味は金を奪うことに失敗したので、近々、また狙うはずです」

「うむ」

「青柳さま。須田町の『但馬屋』と田原町の『奈良屋』にも煙草売りの男が現われたそうですね」

「どうして、それを?」

「北町の者が南町の小者から聞いたと」

「…………」

「陽炎一味の次の狙いは『但馬屋』か『奈良屋』だとは思いませんか」

「十分にあり得るでしょう。このふたつの店は六年前にも入られています。同じ店に押し込むことに引っ掛かりを覚えますが、不審な煙草売りの男が現われているので十分に気をつけないとなりませんね」

剣一郎は秋之進がなにを言い出すのかと不審に思いながら口にする。

「青柳さま」

秋之進が身を乗りだし、

「お願いがございます」

と、訴えるように続けた。

「昨夜の取り逃がしは北町にとって屈辱《くつじょく》でしかありません。『但馬屋』か『奈良屋』のうち、いずれかを北町に任せてもらえないでしょうか」

「しかし、北町の受け持ちの京橋までの範囲にある大店の方に陽炎一味が狙いを定めているかもしれません」

「いいえ。どの店にも不審な煙草売りの男が現われたという知らせはありません。間違いなく、次の狙いは『但馬屋』か『奈良屋』だと思います」

「…………」

「お願いでございます。北町に雪辱《せつじょく》の機会を与えていただけませぬか」

剣一郎は秋之進を不思議な思いで見つめる。

秋之進はしたたかな男だ。今の言葉を額面どおりに受け取っていいか、大いに疑問が残る。しかし、秋之進がなにを考えているかを探る上でも、ここは秋之進の頼みを聞き入れるべきだと思った。

「わかりました。陽炎一味を捕まえるに北も南もない。水川どのはどちらの見張りをお望みか」

「どちらでも構いません」

「わかりました。植村京之進からお伝えするようにいたしましょう」

「かたじけなく存じます」

秋之進は深々と頭を下げた。ふと、秋之進の下を向いた顔がほくそ笑んでいるように見えた気がし、剣一郎はあわてて自分をたしなめた。

「まず、なにより大事なのは陽炎一味を捕えること」

剣一郎はそう言い、秋之進と別れた。

それから剣一郎は奉行所に戻り、清左衛門に秋之進からの依頼の件を話し、さらに京之進を呼び、どちらかを北町に任せるように告げた。

「場合によっては、北町に名をなさしめることになりはしませんか」

京之進は反発した。

「なにより、陽炎一味を捕らえることが第一。それが北町だろうが南町だろうが関係ない。違うか」

「そうですが……」

「それに、ほんとうに『但馬屋』か『奈良屋』に陽炎一味が押し込むかどうかも疑わしいと思っている」

「なぜ、ですか」

「煙草売りの男があまりにもあちこちで姿を現わし過ぎている、押し込み先の様子を探るなら、もっとうまく立ち振る舞うはずだ。それより、いつも煙草売りの格好というのも妙だ。姿を変えたほうが周囲から怪しまれずに済む」

「では、煙草売りは？」

「我らをそこに引き付けるためのまやかしかもしれぬ」

「陽炎一味の罠《わな》だと？」

「そうとも考えられる」

「すると、陽炎一味の真の狙いはまったく別の場所だということに？」

「そうだ。そして、水川秋之進はそこに気づいているのかもしれない」

「まさか」

京之進は驚いたように目を見開く。

「他で押し込みをやられたら、北町も立つ瀬はないだろう。それに、陽炎一味を捕まえる精鋭の同心たちは『但馬屋』か『奈良屋』に集結しているのだ。他に現われてもただ手を拱《こまぬ》いているしかない」

「水川さまがひとりで立ち向かうということは？」

「相手が攻撃をしてくるならともかく、逃げる五人をひとりで捕まえることは難しい」

「では、他に何が考えられるのでしょうか」

「わからぬ。ただ、水川秋之進は油断がならぬ」

「はい」

「前々から思っていたことだが、純粋な思いから両奉行所で陽炎一味を捕縛しようというのではない。わしを陽炎一味の探索に引きこんだのも何らかの企みがあってのことだろう。しかし、残念ながらそれがまだつかめぬ。だからわしは、あえて水川秋之進の誘いに乗ったのだ」

「よくわかりました。さっそく、どちらかの見張りを北町に明け渡すようにします」

納得したように京之進は頷いた。

京之進が去ってから、剣一郎も奉行所を出た。


半刻（一時間）余り後、釣り好きの卯平の話が気になり、今は勘当された『丸見屋』の次男・文次について調べるため、剣一郎は本郷三丁目にある薪炭問屋『丸見屋』の店先に立った。すでに辺りは暗くなっていて、手代が大戸を閉めようとしていた。

「主人に会いたいのだが」

剣一郎は編笠を外して手代に声をかけた。

振り返った手代は左頰の痣に気づき、

「青柳さまでいらっしゃいますか」

と、驚いたようにきいた。

「そうだ」

「少々お待ちください」

手代は土間に入って行った。

すぐ手代が戻って来た。

「どうぞ。こちらに」

手代の案内で店に入り、店座敷の隣の小部屋に通された。

腰を下ろすと同時に四十手前と思える恰幅《かっぷく》のよい男がやって来た。

「主人の文兵衛にございます」

文兵衛と名乗った男は頭を下げた。代々、主人は文兵衛を名乗るのだろう。

「つかぬことをきくが、文次という男を知っているか」

「文次……」

文兵衛は眉根《まゆね》を寄せ、目を細めた。

「弟だと聞いたが?」

「はい。弟です。もう十年以上も会っていませんが」

「なぜだ?」

剣一郎はあえてきいた。

「お恥ずかしながら、じつは文次は父に勘当されました。博打《ばくち》にのめり込んで、店の金を持ち出すようになったのです。その後、いっさい姿を現わしません」

「消息は？」

「まったくわかりません。五年前に父が倒れたとき、父が会いたがっていたので探したのですが、見つかりませんでした」

「探したというのは当てがあってのことか」

「お得意さまが文次らしき男を深川《ふかがわ》で見かけたと言うので、深川を探し回ってみました。でも、見つかりませんでした」

「父親は文次が見つかったらどうするつもりだったのだ？　許すことも考えていたのか」

「わかりませんが、もし文次がまっとうに働いていたら許したと思います。でも、そんな期待は出来ないと諦めてもいたようでした。というのも、深川で見かけた文次と似た男は遊び人ふうだったと言うことでした。勘当されたときの態度からは、堅気《かたぎ》になっているとはとうてい考えられませんでした。でも、私は文次に父の死期が迫っていることを知らせたかったのです」

「その後は探していないのだな」

「はい。私も店を継ぎ、探し回る余裕もなくなりましたので」

「父親はそれ以前に文次を見かけたことは？」

「ありません。あれば、私にも話しているはずですから」

「父親の知り合いで卯平という男を知っているか」

「卯平さんですか」

文兵衛は首を傾げた。

「知らないか」

「ちょっと思いだせません」

「小柄で、穏やかな顔をした男だ。今は四十半ばだ」

「申し訳ございません。ちょっと私はわかりません。父の知り合いはほとんど知っているつもりですが……」

「………」

文兵衛がこんなことで嘘《うそ》をつくとは思えない。

「文次の特徴だが、背が高く細身で目尻がつり上がっているのか」

「そうです。青柳さま。文次が見つかったのですか」

「数日前に、卯平という男が文次を見かけたと言っているのだ」

「数日前ですって」

「そうだ。もちろん、ここには現われてはおらぬな」

「はい」

頷いてから、

「文次が何かしたのでしょうか」

と、文兵衛はきいた。

「そうではない。卯平が文次ではないかと気にしていたので、実家に顔を出していないか、確かめにきたのだ」

剣一郎は陽炎一味の件だとは言えなかった。

「青柳さま。卯平というひとは父の知り合いということですが、どんな知り合いだったのでしょうか」

文兵衛が逆にきいた。

「卯平は足を怪我して今は隠居だが、五年前までは商売をしていたようだ。どんな商いだったかは聞いてない……」

聞いてないが、それは卯平も強《し》いて口にしようとはしなかったように思える。

「さっきも申しましたが、父の知り合いなら弔《とむら》いには顔を出しているはずです」

「あいわかった。この後、もし、文次が見つかったらどうしたいのか」

「今さら、この家に迎え入れることは出来ません。でも、もし困っているなら手を差し伸べてやりたいと思います」

「会いたいか」

「はい。今、どう生きているかは知りたいと思います。ふたりきりの兄弟ですから」

　文兵衛は少し優しげな顔をした。

「そうか」

「青柳さま。もし、文次に会うことがあったら、父は息を引き取るまで会いたがっていたと伝えてください」

「わかった」

　剣一郎は『丸見屋』を辞去《じきょ》した。


　その夜、夕餉のあと、剣一郎は濡縁に腰を下ろし、庭を眺めた。秋を思わすような涼しい風が吹いてきた。

『丸見屋』の文兵衛の話をもう一度考えた。文兵衛は父親の知り合いはほとんど知っているという。

卯平は先代の文兵衛とは親しい口ぶりだった。文次と出くわしたとき、父親の死を知らせようと追い掛けようとしたらしい。

それほどの仲だったのなら、今の文兵衛は卯平を知っていなければおかしい。卯平が文次を知っていることは間違いない。父親を通して知っていると言っていたのだが……。

文次は陽炎一味に入っているのではないだろうかと文兵衛が口にしたと、卯平は言っていたが、それも疑わしくなってきた。

卯平は何者なのか。

庭の暗がりに人影が現われた。まっすぐ近づいてくる。

「太助か」

「はい」

太助が庭先に立った。

「青柳さま。夜になってもあの一軒家に文次らしき男は帰ってきませんでした。やむなく京之進さまが強引に家の中に入りました。やはり、中は蛻《もぬけ》の殻《から》でした」

「蛻の殻？」

「はい。もともと荷物は少なかったのでしょうが……。帰ってくるつもりはなく、出て行ったようです。京之進さまが大家のところに聞きに行ったら、昨日の昼間、急に上州《じようしゆう》で仕事が見つかって出かけることになったので家を明け渡すと言って来たとか」

「昨日の昼間……」

卯平が文次を見たあとだ。

文次は卯平に出会ったことで、急遽《きゆうきよ》霊岸島から離れようとしたのではないか。文次にとって卯平は、姿を見られてはならない存在だということか。

ふと胸騒ぎがした。

剣一郎はいきなり立ち上がった。

「すぐに支度する。待っていろ。出かける」

「え、これからですか」

太助の驚く声を背中に聞いて、部屋に戻り、剣一郎は着替えた。多恵も手伝いながら不審そうな顔をしていた。

剣一郎は茅場町薬師の裏手に行き、荒物屋の隣にある一軒家に急いだ。

入り口の前に立ち、格子戸を開けて声をかけた。

「ごめん。卯平はいるか」

部屋は暗かった。太助が勝手に上がり込んで奥まで見に行った。

「誰もおりません」

「こんな夜にどこに出かけたのか」

剣一郎が外に出ると、隣の荒物屋の潜り戸を内儀らしい女が出てきた。

「卯平さんならさっき訪ねてきた男と出て行きましたよ」

「どんな男だね」

「背の高い男です」

「いつごろだ？」

「四半刻も経っていません」

「どっちへ行ったかわかるか」

「霊岸島のほうに向かったようです」

「わかった。礼を言う」

剣一郎は霊岸島に向かって駆けた。

「卯平は足が悪い。まだそれほど遠くには行っていないはずだ」

橋を渡って霊岸島に入る。すぐ近くに稲荷社があった。その裏の人気《ひとけ》のない場所を見てみたが、誰もいなかった。

もうひとつの稲荷社に向かった。静かでひっそりとしていた。

「太助、手分けをして探そう。わしは大川端まで行ってみる」

「わかりました。あっしは空き地などの寂しい場所を探してみます」

太助と分かれ、剣一郎は大川端に向かって走った。なぜ、卯平はのこのこ文次のあとについて行ったのだと、剣一郎は内心で叫びながら大川端にやって来た。

波打ち際に立ち左右を見る。折から雲が切れて月が顔を出した。明かりがさっと広がった。

川岸の北にいくつかの黒い影が見えた。争っているようだ。

「待て」

剣一郎は叫びながら駆けた。

ふたりの男が卯平らしき小太りの男を川っぷちに追い詰めていた。そのうちのひとりは覆面をした侍で、刀を振りかざしていた。

「やめろ」

剣一郎の激しい声に、侍の動きが止まった。

やっと駆けつけ、剣一郎は卯平を背中にかばって侍の前に立った。

「おまえたち、何者だ？」

剣一郎は誰何《すいか》した。

侍はがっしりした体つきで顔が大きくて首が太い。覆面から覗く眼光は鋭かった。もうひとりの背の高い細身の男は文次だろう。

「卯平。この者たちは何者だ？」

「………」

卯平から返事はない。

「卯平、何者だ？」

剣一郎はもう一度問う。

「………」

無言で、いきなり侍が剣一郎に斬りつけた。剣一郎も抜刀して相手の剣を弾《はじ》く。

「陽炎一味の者か」

答えず、侍は八双《はっそう》に構えて猛然と突っ込んできた。剣一郎は待ち構え、裂帛《れっぱく》の気合で斬り込んできた剣を鎬《しのぎ》で受け止めると、

「この剣が『川津屋』の主人と番頭の命を奪ったのか」

と、相手の目を見つめながら押し返す。

相変わらず無言で、侍は渾身《こんしん》の力を込めてきた。剣一郎は動じない。なおも相手が押しつけてきた刹那《せつな》、さっと剣を引いて剣一郎は横に飛ぶ。相手は弾みがついて踏鞴《たたら》を踏んだが、すぐに体勢を立て直した。

侍は正眼《せいがん》に構えた。

「動くな」

そのとき、激しい声がした。

文次が卯平の首筋に匕首《あいくち》を突き付けていた。

侍は刀を引き、急に足の向きを変えて走り出した。

文次は卯平を抱えながら後ずさりをした。卯平の耳元で何か囁《ささや》いている。

「そなたは文次だな」

剣一郎が叫ぶと、いきなり卯平を突き飛ばし、文次は逃げ出した。

地べたに倒れた卯平に駆け寄り、

「卯平、大事ないか」

と、剣一郎は助け起こす。

「へい」

卯平は立ち上がった。

「何があったのだ？」

「いえ、ちょっと」

「今のふたり、陽炎一味だな」

「………」

「卯平、どうした？　なぜ黙っている？」

「青柳さま。どうかご勘弁《かんべん》を」

「なに？」

「今はどうぞご勘弁を」

卯平は厳しい顔で頭を下げ続けた。

なぜだ。剣一郎はその疑問をきくことが出来なかった。卯平は硬い殻に閉じこもったように、剣一郎の声さえ、耳に入らないようだった。

五

翌朝、髪結いが引き上げたあと、太助がやって来た。

「青柳さま。文次の行き先がわかりました」

庭先に立った太助が訴えた。

「やはり、あとを尾けたのか」

「へい」

昨夜、大川端に太助が現われなかったので、ひょっとしたらと思っていたが、やはりあとを尾けるために身を隠していたのだ。

「文次は神田三河町《みかわちょう》の下駄屋に入って行きました。どうやらそこの二階を間借りしているようです」

「でかした。よし、案内してくれ」

「へい」

剣一郎は着替え、編笠をかぶって太助とともに屋敷を出た。

日本橋を渡り、本町通りに入ってお濠《ほり》に出て、鎌倉河岸を経て三河町三丁目にやって来た。

目指す下駄屋の雨戸は閉まっている。

太助が潜り戸を叩《たた》き、

「ごめんなさいまし」

と、呼びかける。

やがて中から声がして、年寄りが戸を開けた。

「こちらに背の高い細身の男がいるはずだが」

太助が切り出す。

「あぁ、文五郎《ぶんごろう》さんですね。さっき出かけましたよ」

「出かけた？」

「はい。昨夜、遅く帰ってきましたが、今朝はずいぶん早く出かけました」

「どこに行ったかわからぬか」

剣一郎は編笠のまままきいた。

「いえ。わかりません。なにしろ、二階に間借りをしてまだふつかですから、文五郎さんのことはほとんど知りません」

年寄りは答えた。

「誰かその文五郎を訪ねてきた者はいたか」

「いえ、どなたも」

「そうか。邪魔した」

剣一郎は礼を言い、下駄屋をあとにした。

「卯平と会ったあと、霊岸島からこっちに住まいを変えたのだ」

文次は卯平から逃れるために住まいを移したのだろう。だが、卯平を殺そうとしたのは、なぜか。いったい、卯平は何者なのか。

殺されかけたというのに、卯平は何も言おうとしなかった。

「これからどちらに？」

太助がきいた。

「卯平のところだ。何かを隠している」

来た道を逆に辿《たど》り、剣一郎と太助は楓川にかかる海賊橋を渡って茅場町薬師に向かい、裏手にある卯平の住む一軒家にやってきた。

格子戸を開けて奥に呼びかける。

やがて、厳しい顔で卯平が出て来た。

「上げてもらうぞ」

剣一郎は返事も聞かずに上がり込んだ。太助も続く。

卯平は仕方なさそうについてきた。

庭の見える部屋で向かい合うなり、剣一郎は切り出す。

「卯平。昨夜のことを正直に話してもらいたい」

「青柳さま。どうか、お許しを」

卯平は体をふたつに折って訴える。

「なぜだ？」

「それは……」

「昨夜、文次はどのような口実でそなたを外に連れ出したのだ？」

「知り合いの息子ですからね……」

「昨夜、そなたは殺されかけたのだ。それでも喋《しゃべ》る気にならぬのか」

「申し訳ございません」

「卯平。そなたは文次の父親と親しかったと言っていたが、それも嘘だな」

剣一郎が厳しく言うと、卯平ははっとして顔を上げた。

「なぜ、そなたは文次が陽炎一味にいたことを知っていたのだ？」

「………」

「その答えはひとつしかない。そなたも陽炎一味か、あるいは一味に関わっている者」

剣一郎は言い切る。

「卯平、よいか。昔の陽炎一味は決してひとを殺《あや》めなかった。だが、今の陽炎一味はすでに三人もの命を奪っているのだ。この先、まだひとを害する押し込みを続けるだろう。また命を落とす者が出るかもしれない」

「………」

卯平は俯いた。

「押し込みがいつまでもうまくいくはずない。いつか捕縛され、一味は獄門《ごくもん》になる」

「青柳さま。もうしばらくお待ちください」

卯平が突然顔を上げた。

「しばらくとは？」

「確かめたいことがあるのです。それを済ませましたら」

卯平は真剣な眼差しを向けた。穏やかだった顔だちが一変し、険しい表情になっている。

「もしや、そなた……」

「どうか、この通りでございます」

卯平は畳に額をこすりつけて訴えた。

「そなたの身に危険が及ぶのではないか？」

「だいじょうぶです。昨日のは脅しです」

「脅しだと？」

剣一郎は呆《あき》れたように言い、

「あれは脅しではない。文次らはそなたを殺そうとしていた」

「お願いでございます。もうしばらく猶予《ゆうよ》を」

「昨夜、文次が逃げるとき、そなたに何か告げたのではないか」

「…………」

卯平の体がぴくりと動いた。

「どこかに呼ばれたのだな。それは罠だ。殺されに行くようなものだ」

「どうしても行かなくてはならないのです」

「誰に会うのだ？」

「それは……」

「ひょっとして陽炎一味の頭ではないのか」

うめき声が漏れるのを防ぐかのように、卯平は口を手で押さえた。

「そなたも陽炎一味にいたのではないか」

「…………」

「どうなのだ?」

しかし、卯平は口を真一文字に固く結んだまま、視線を下に向けた。

剣一郎は大きくため息をついた。

「仕方ない。明日まで待とう」

剣一郎は諦めて言う。

「ありがとうございます」

卯平はまたも深々と頭を下げた。

剣一郎と太助は外に出た。

「太助、すまないが、卯平を見張ってくれ。京之進にわけを話し、誰かをつける」

「はい。畏まりました」

剣一郎は太助を残し、奉行所に向かった。


四半刻後、剣一郎は与力部屋に京之進を呼んだ。

昨夜、卯平が襲われたことから卯平との話し合いの内容を告げ、

「卯平は文次に呼びつけられている。また命を狙われるだろう。今、太助が見張

っているが、誰か応援にやってくれ」

「わかりました。さっそく手配を」

京之進は腰を浮かせたが、すぐ戻して、

「青柳さま。我らは須田町の『但馬屋』、北町は田原町の『奈良屋』を見張ることになりました」

「そうか、ご苦労」

「はっ。では、すぐ手配いたします」

京之進は下がって行った。

その後、剣一郎は清左衛門に呼ばれ、年番方与力詰所に行った。清左衛門はすぐに立ち上がり、隣の部屋に行く。

差し向かいになって、清左衛門が口を開いた。

「『川津屋』のことがわかった」

剣一郎は黙って聞いた。

「『川津屋』は加賀国宮腰《みやのこし》で回船問屋を営む『北前屋《きたまえや》』と親戚だそうだ」

「加賀ですと」

加賀に関わる商家が襲われたことに、剣一郎は困惑した。

「『川津屋』の主人亀太郎は、『北前屋』の主人亀次郎《かめじろう》の兄だそうだ」

「兄弟ですか……」

剣一郎は考えこんだ。

陽炎一味が加賀とつながったことに、強い不安を覚えた。

片や悪党、片や大藩。そんなはずはないと、心に浮かんだ疑念を打ち消しながらも、剣一郎はやはり『川津屋』が加賀藩領内の『北前屋』と関係が深いことが気になって仕方なかった。

第三章　追い詰めた男

一

夜になって、屋敷に太助がやってきた。庭先に立った太助に、剣一郎はまず飯を食ってくるように言った。

「それより、卯平の件です」

「相手は現われなかったのか」

剣一郎は先回りをした。

「どうしてそれを？」

「何かあったのなら、もっと太助は興奮しているはずだ。がっかりした様子が見てとれたが、それほどの落ち込みではない。ということは何も起きなかったのだろうと考えた」

「恐れ入ります」

太助は頷《うなず》き、

「卯平は昼過ぎに鉄砲洲稲荷《てっぽうずいなり》に行きました。境内《けいだい》の銀杏《いちょう》の樹のそばでずっと待っていましたが、卯平に近づいた者は誰もいませんでした。日が暮れるまで待ってから、卯平は悄然《しょうぜん》と引き上げて行きました」

「そうか。文次は現われなかったか」

剣一郎はその意味を深く考えざるを得なかった。

文次は昨夜、鉄砲洲稲荷に来るように言ってから、卯平を突き飛ばして逃げたのだろう。当然、誰にも告げるなと念を押したはずだ。

そのとおりに卯平は何も語らなかった。文次は卯平が誰にも喋《しゃべ》らず必ず来ると信じていたのではないか。

それとも、太助や小者たちが見張っているのに気づいて現われなかったのか。

「気づかれた気配は？」

「いえ、それはないはずです。十分に気をつけました。最初から、文次はやって来るつもりはなかったのかもしれません」

「何か急遽《きゆうきよ》、手筈《てはず》が変わったのか」

剣一郎は顎《あご》に手をやって考えた。

「それで、神田三河町の下駄屋に行ってきました。文次は帰っていません。あのまま出て行ったきりだそうです」

「姿を消したのか」

剣一郎は不審に思った。

「青柳さま。ひょっとして、今夜、どこかに押し込むつもりでは」

太助が推《お》し量《はか》って言う。

「うむ、卯平とのことで、急に今夜押し込むことになったとも考えられるな」

そこに京之進がやって来たと、多恵が伝えに来た。

「太助さん、夕餉《ゆうげ》の支度《したく》が出来ていますよ」

多恵が太助に言う。

「太助、飯を食ってこい」

剣一郎も勧《すす》める。

「へい」

太助は庭から勝手口に向かった。

多恵が部屋を出て行ってすぐに、京之進がやってきた。

「卯平の前には誰も現われなかったのですね」

「うむ。気づかれたわけではなさそうだが、文次のほうに何かのっぴきならぬことが起きたのかもしれぬ」

「そのことですが、もしや陽炎一味は今夜どこかに押し入るつもりではないでしょうか」

京之進も太助と同じ見方をした。

「陽炎一味の文次と侍《さむらい》は青柳さまの前に姿を晒《さら》してしまったのです。猶予《ゆうよ》はないと焦っているのではないでしょうか」

「そうだな。侍の方は覆面をしていたので顔を見ていないが……。念のために、人を増やそう。『奈良屋』のほうにいる北町の室谷にも話しておいたほうがいい」

「はい、さっそく」

京之進は立ち上がった。

「頼んだ」

剣一郎は部屋を出て行く京之進に声をかけた。

しばらくして、太助が戻ってきた。

「京之進も今夜、押し込みがあるのではないかと考えていた。警戒を強めることになった」

「須田町か田原町か、どっちでしょうか」

「わからぬ。まったく別の場所ということもあり得る」

「そうですか。じゃあ、あっしはとりあえず北町が掛かりとなっている田原町の『奈良屋』を見張っています」

「何かあったらどんなに遅くとも知らせてくれ」

「わかりました。じゃあ、あっしも行ってきます」

太助は張り切って出かけて行った。

ひとりになって、剣一郎は改めて陽炎一味のことに思いを馳《は》せた。

水川秋之進は陽炎一味の動きを見事に読んでいた。それがことごとく的中していた。しかし、その瞠目《どうもく》すべき鋭《するど》さにも拘《かかわ》らず、一味を取り逃がし続けていた。

剣一郎はこのことにどこか引っ掛かっていた。ある疑いさえ持った。それは突《とっ》飛《ぴ》な考えだったので誰にも告げることは出来なかった。だが、そのこともあって文次のことはあえて秋之進に伝えなかったのだ。

そして、『川津屋』が加賀藩領内に縁があるということで、ますます剣一郎の疑心は膨《ふく》らんだ。だが、疑惑そのものは漠《ばく》としてしっかりとした形にはならなかった。

満月が過ぎ、月の出は遅くなっていたが、夜空に月が昇っていた。夜は更《ふ》けていったが、剣一郎は落ち着かず月を眺めていた。

「おまえさま。まだ、お休みになりませんの」

多恵が背後で声をかけた。

「もう少し」

剣一郎は短く答えたが、多恵はどういう状況かを察していて、何も言わなかった。

太助が駆けつける気配はないまま、九つ（午前零時）を過ぎた。ようやく、剣一郎は寝間に向かった。

翌早暁、剣一郎は目を覚ました。すでに、多恵は起きていた。昨夜も剣一郎のあとにふとんに入ったのだろう。夫に寝顔を見せないのが女の嗜《たしな》みだと、多恵は思っているのだ。

朝餉が済んだあと、太助がやって来た。

「ごくろうだった。何も起きなかったようだな」

剣一郎はきいた。

「はい。どこにも押し入った様子はありません」

太助は答える。

「そうか」

ふと、剣一郎は考え込んだ。

「何か」

「うむ。押し込みがなかったとすると、なぜ卯平の前に文次が現われなかったかが気になる」

「そうですね」

「あとで、もう一度三河町の下駄屋に行ってみてくれ。文次が帰ってないか」

「すぐに行ってみます」

「ただ、気になることがある」

「なんでしょうか」

「文次は、もうあそこには戻らないのではとな。奴の身に何かあったのではないか」

「だって、文次は陽炎一味の仲間じゃないですか。まだ押し込みを続けようと言うのに仲間割れなどするとは思えませんが」

太助の言葉に、剣一郎ははっとした。

「逆に言えば、もう押し込みを続けないのであれば、顔を知られた文次は不要どころか邪魔ということになる」

「まさか」

「一昨日、文次のあとを尾《つ》けたとき、誰かに尾けられなかったか」

「いえ、それは……」

「もしかしたら、文次を尾けている太助のあとを、あの侍が尾けて行ったことも考えられる。太助、下駄屋の主人に文次が帰ってから、誰かやって来なかったか確かめてきてくれ」

「わかりました。行ってきます」

太助は庭を飛び出して行った。

剣一郎は裃《かみしも》、袴《はかま》に着替え、供の者をしたがえて屋敷を出た。

海賊橋を渡って楓川沿いを行く。対岸のいつもの場所に卯平が釣り糸を垂れていた。しかし、様子はすっかり変わっていた。泰然《たいぜん》としていたあのおおらかな雰囲気は消えていた。何か考え事に没頭《ぼっとう》しているようだ。やはり、文次のこと、さらに抱えた秘密が卯平を悩ましているのだろう。

　それは陽炎一味のことだろう。あとで、問い詰めてみるつもりだった。しかし卯平の心はまだ定まっていないようだ。

　剣一郎はそのまま素通りをし、奉行所に向かった。

　数寄屋橋《すきやばし》御門に差しかかったとき、太助が追いついた。

「青柳さま」

　急いで走ってきたのだろう、太助は息を弾ませて続ける。

「一昨夜、侍はやって来なかったということですが、帰った文次が二階に上がってしばらくしたら二階の雨戸が開く音がして文次が下りてきたそうです。そして、外に出て、すぐ戻ってきたと」

「合図に雨戸に向かって小石でも投げたのかもしれぬ。それで、文次は誰かとつなぎをとったのだ」

「やっぱり、誰かにあとを尾けられていたんでしょうか。あっしの失敗でした。文次を尾けることに気持ちが行って、尾けられていることに気づかなかったなんの邪魔は出来た」

「侍は太助を襲うことも出来たはずだ。そなたを斬《き》ることが出来なくとも、尾行て」

「しかし、妙だな」

剣一郎は、またも何か違和感を覚えた。

「そうですね」

「太助。鉄砲洲稲荷の周辺に何か争った形跡がないか探してくれぬか」

「まさか、文次が……」

「わからぬが、気になるのだ。鉄砲洲稲荷なら卯平と待ち合わせていた場所だ。もしかしたら、文次は近くまで行ったのかもしれない」

「そこで仲間に？」

「顔を知られた文次は一味にとってやっかい者だ」

「でも、侍だって青柳さまに姿を……」

「いや。顔は見ていない。体つきだけでは特定できない。ともかく、鉄砲洲稲荷に行くんだ。わしも奉行所に顔を出してからすぐ向かう」

「では、向こうでお待ちしています」

太助は裾《すそ》をつまんで走って行った。

剣一郎は数寄屋橋御門を潜《くぐ》って、奉行所に急いだ。

宇野清左衛門にこれまでの経緯を語ったあと、剣一郎は京之進に鉄砲洲稲荷に向かうように告げて奉行所を先に出た。

数寄屋橋御門を抜けて京橋川に出て、川に沿って大川のほうに向かった。

鉄砲洲稲荷の境内には富士山《ふじさん》信仰の富士塚もあり、いつも参詣《さんけい》客で賑《にぎ》わっている。剣一郎は神社の裏にまわった。大川沿いには船宿もあって桟橋《さんばし》に船がもやってある。

太助が近づいてきた。

「青柳さま」

「特に変わったところはありません」

文次は卯平を始末しようとして仲間とここにやって来たと、剣一郎は考えている。だが、他の仲間にしてみれば文次のことを知っている卯平よりも、その存在を知られた文次のほうが邪魔になったのではないか。確信はなかったが、嫌な予感がした。

しかし、油断をしている文次を殺すのはたやすかったはずだ。文次は仲間がそのようなことを考えているとは露ほどにも思わずここまでやって来た。

そして、一味は人気《ひとけ》のない場所で文次を始末し、死体をこの周辺に隠した――。

稲荷から離れ、川沿いを佃島《つくだじま》のほうに向かう。野原や雑木林もあるが、太助はすでにそこを歩いてまわったという。土が新たにいじられた場所はなかったというが、もう一度剣一郎も確かめた。

やはり、争った形跡や何かが埋められたような跡はどこにも見つからなかった。稲荷の周辺は人目につきやすく、やはりこの辺りが怪しい気がしたが……。

ふと目の先を野犬が横切った。そのとき、自分の考えが違っていたかもしれないと、剣一郎に迷いが生じた。もし、この辺りに死体が隠されたとしても野犬がほじくり返すのではないか。

あるいは烏《からす》が集《つど》ってくるかもしれない。辺りにそのような兆候《ちょうこう》はなかった。

「杞憂だったか」

剣一郎はため息混じりに呟《つぶや》いた。

「もっと向こうのほうまで探してみますか」

「無駄足になるかもしれぬ……」

剣一郎は川沿いをさらに進んだ。

強い陽射《ひざ》しが大川に白く照り返っていた。波が立っていた。かなたに、佃島の漁師たちの船が見える。

剣一郎の目は川の中程の一点に注がれていた。無意識のうちに波打ち際にまで出ていて、足に波がかかるのも気にならなかった。

波間に黒いものが見え隠れしている。何か浮かんでいる。上流から流れてきたものではない。川の流れによって浮かび上がったように見えた。突然、それが何かを理解した。

「太助」

剣一郎は太助を呼んだ。

「はい」

太助が横にやって来た。

「あれを見ろ」

剣一郎は指を差す。

「えっ？」

太助は指の先に目を向ける。そのまま、川の中に数歩入った。いったん見えなくなった黒いものが再び浮かんできた。

あっ、と太助が叫んだ。

そのとき、背後から足音が近づいて来た。

「青柳さま」

京之進が声をかけた。

「京之進、あそこを」

剣一郎は指差す。

京之進と岡っ引きが共に川の中を見た。そのとき、大きな波が黒いものを上に持ち上げた。

京之進も声を上げた。

「ひとです」

太助が言う。

「間違いありません。男物の着物のようです」

京之進が応じ、

「あの船宿から船を出してもらいます」

と、京之進は岡っ引きを伴《ともな》い、鉄砲洲稲荷の裏手にある船宿に向かった。

半刻（一時間）後に、死体は陸《おか》に引き上げられた。

袈裟《けさ》懸《が》けに斬られており、死体の手足には縄が巻かれていた。簀《す》巻《ま》きにされ、重しをつけられて川に放り込まれたようだ。

「文次だ」

剣一郎は悄然《しょうぜん》と呟いた。

水に浸《つ》かっていたので顔はふやけているが、文次に間違いないように思えた。

あとを京之進に任せ、剣一郎は太助と共にその場をあとにし、卯平の家に向かった。

二

茅場町薬師裏の一軒家に着き、剣一郎と太助は卯平と向かい合った。その頰《ほお》はげっそりしていた。苦悩のほどが窺《うかが》い知れた。

「卯平。文次が殺された」

剣一郎は口を開く。

「何と……」

卯平が口をあえがせた。

「袈裟懸けに斬られ、大川に沈められていた」

「文次が……」

卯平は力が抜けたかのように呟いた。

「卯平。こうなったら何もかも話してもらおう」

剣一郎は厳しく迫った。

「……お話しいたします」

卯平は覚悟を固めたようにまっすぐ顔を向けた。

「青柳さまのお見通しのように私は陽炎一味のひとりでございました。お頭の市《いち》蔵《ぞう》、私、錠前破りの伊勢蔵、そして文次ともうひとり安七《やすしち》の五人で、街道筋の宿場町で盗みを働きながら、江戸までやってきました」

卯平は遠い目をして、

「伊勢蔵はどんな錠前でも開けることが出来、私が昼間のうちに押し込み先の母屋の床下に潜んで、夜更けに仲間を引き入れるという手口で、誰にも姿を見られずに盗みを働いてきました。不思議なもので、誰にも気づかれぬように盗みをしながらも、自分たちの仕業《しわざ》だというのを誇示《こじ》したくて、〈陽炎参上〉の置き文をするようになったのです」

卯平は目をしょぼつかせ、

「江戸での『但馬屋』と『奈良屋』の盗みのあと、伊勢蔵が青柳さまに捕まってしまいました。まさか、あの伊勢蔵が捕まるなんて思いもしませんでした」

「伊勢蔵は子どもを助けたために正体がわかってしまった。子どもを助けようとしない無慈悲《むじひ》な男だったら、あの後も伊勢蔵は捕らえられなかっただろう。人助けをしたことが自分に災厄《さいやく》を招くことになったのだ」

剣一郎は複雑な思いを口にした。

「伊勢蔵はそんな男です、でも、一味の者はみな伊勢蔵と同じ思いでした。金は盗《と》っても、決してひとに危害は加えない。陽炎一味の掟《おきて》でした。ですから、伊勢蔵が捕まったときに、お頭の市蔵は一味の解散を決断したのです」

「新しい錠前破りを仲間に加えるという考えはなかったのか」

「ありませんでした。五人のうち、ひとりでも欠けたら陽炎一味は解散だとお頭は常々《つねづね》言ってました」

卯平は大きく息を吐き、

「それまでに蓄《たくわ》えていた金は四人で分配しました。そして、顔を合わせれば、また盗みの手応えを思いだして悪心が起きるかもしれない。これからはお互いにまったくの赤の他人だ。そう誓って六年前に別れたのです。ところが今になって突然、陽炎一味が押し込みを働いたと耳にし、衝撃を受けました。それより驚いたのは、押し込み先でひとを殺《あや》めたということです。最初は何者かが陽炎一味を騙《かた》っているのかと思いましたが、置き文のことも耳にし、かつての仲間が加わっていると思いました」

卯平は息継ぎをし、

「瓦版《かわらばん》や噂話《うわさ》などでは、かつての陽炎一味は錠前破りの名人がいなくなって荒っぽい仕事になったのだろうと言われています。でも、私らのお頭の市蔵があんな残虐《ざんぎやく》な盗みをするなど信じられませんでした。それで、偶然に文次と出会ったので、問い詰めたのです。文次にお頭もいっしょなのかとききました。文次はいっしょだと答えました。だから、お頭に会わせてくれと文次に頼んだのです」

「そなたは陽炎一味が再び集まったと信じたのか」

「お頭がいることには半信半疑《はんしんはんぎ》でしたが」

「なぜ、そなたは声をかけられなかったのか」

「お頭は私が足を怪我《けが》したことを知った。それで、私を誘わなかったのだろうと」

「一味は解散するとき、お互い赤の他人になると言うことで別れたのではなかったのか。どうしてそなた以外の三人はまた会うことになったと思うのだ？」

「お頭が探し出したのだと思いました」

「市蔵が主導して陽炎一味をもう一度作り出したということか」

「はい。文次やもうひとりの安七にはひとを束ねる力はありません。お頭が、他の仲間を引き入れて押し込みをしたのでしょう」

卯平は一呼吸置き、

「もし、足を怪我さえしていなければ、お頭は私にも声をかけたはずです。そうなれば、殺しを引き止めることが出来たのですが、残念です」

「そなたは市蔵がどこで何をしているのか知らなかったのだな」

「はい、探そうとは思いませんでしたから。ときたま妙に懐かしくなって会いたくなったりはしました。思い切って探していればと、悔やまれてなりません」

「あいわかった」

剣一郎は厳しい顔で頷き、

「市蔵と安七の顔だちや体つきを教えてもらいたい」

「はい。お頭は今は五十ぐらい、大柄で肩幅が広く胸板が厚い。眉毛《まゆげ》が濃く、ぎょろ目でした。安七は文次に似て痩《や》せて長身でした」

「よし。そなたももし、市蔵の居場所がつかめたら教えてもらいたい」

「あの私は……」

「今は、新たな陽炎一味を捕らえねばならぬ。ともかく、市蔵を探す」

「はい」

剣一郎は卯平の家を引き上げた。

奉行所に戻ると、水川秋之進からの言伝《ことづ》てが届いていた。夕七つ（午後四時）にまた鎌倉河岸のそば屋で会いたいというものだった。

陽が少し傾いていた。剣一郎は本郷三丁目にある薪炭問屋『丸見屋』の小部屋で、主人の文兵衛と向かい合っていた。

「先日、文次の話をしたが」

「はい」

「今、どうしているか知りたいと言っていたが」

剣一郎が暗い顔できくと、文兵衛は何かを察したように、

「悪い知らせのようでございますね」

と、きいた。

「そうだ」

剣一郎は正直に答える。

「もし聞きたくなければそれでもよい」

「いえ、どうしていたかだけでも知りとうございます」

「では、言おう。文次は陽炎一味という押し込みの仲間であった」

「………」

文兵衛は口を半開きにしたままで、声が出なかった。

「六年前、陽炎一味は解散した。だが、先月、再び一味は仕事をはじめ、先日まで三件の押し込みを働いた」

「文次の奴、そこまで落ちていたのですか」

文兵衛はやっと声を出した。

「六年前、盗みをやめた文次は、堅気になる機会もあったろうが、やはり無理だったようだな」

卯平の話では、お頭は金を分けて堅気になれと皆に言って解散した。だが、文次は堅気にはなれなかったのだろう。

「弟は捕まったのですか」

「いや」

「では……」

文兵衛の顔色が変わった。

「心して聞け。文次は殺された。仲間割れだ」

「殺された……」

嗚咽《おえつ》が漏れそうになったのか、文兵衛はあわてて口を押さえた。

「そうですか、死にましたか」

文兵衛はうつろな目で呟く。

「文次は父親の死を知っていたようだ」

卯平はばったり出くわした文次を追い掛けようとしたのは父親の死を知らせるためだと言ったが、卯平は文次の父親とは縁もゆかりもなかった。おそらく、父親のことは文次本人から聞いて知ったのに違いない。

「文次はこの店の近くまで来ていたのだ。ただ、自分のようなやくざ者が出入りをしては迷惑がかかると思い、顔を出さなかったのだろう」

「そうでしたか。弟は父の死を知っていましたか」

文兵衛はふと厳しい顔になって、

「青柳さま。弟の亡骸《なきがら》は引き取れませんか」

と、訴えた。

「いや、押し込みの一味だ。残念ながらそれは無理だ」

「そうですか。せめて、うちの墓に入れてやりたいと思ったのですが」

「酷《こく》なようだが、勘当《かんどう》になった男だ。心の中で冥福《めいふく》を祈るだけのほうがいいかもしれぬ。わしも文次が『丸見屋』の伜《せがれ》だったことが表に出ないようにするつもりだ。そなたにも子どもがいよう。子どもやさらにこの先、孫から文次のことをきかれて何と答えるのだ。文次もそのことを気にして近づかなかった。文次のことはそなたの胸ひとつに納めておくがいい」

「わかりました、ありがとうございました」

文兵衛は深々と頭を下げた。

本郷から鎌倉河岸に向かった。だいぶ陽が傾いていた。

剣一郎はそば屋の二階で、水川秋之進と会った。

「青柳さま。鉄砲洲稲荷の近くの大川に浮かんでいた男について教えていただけませぬか。現場に駆けつけた室谷伊之助の話では陽炎一味ではないかということでしたが?」

「さよう。文次といって、陽炎一味と思われます」

剣一郎は答えた。

「なぜ、その男のことを我らにお話ししてくださらなかったのですか。まるで、隠していたように見受けられますが」

秋之進は詰《なじ》るように言った。

「本当に陽炎一味かどうかはっきりしていなかったのです。探索を攪乱《かくらん》するための企みかもしれなかった。おそらく、その時点で水川どのに話しても信じてもらえなかったでしょう」

「信じるか信じぬか、聞いてみなければわからないことです」

秋之進は不満そうに言い、

「その他につかんでいることがあれば、なんでもお話しください」

「わかりました。こちらでわかったことはすべてお話ししましょう。その前に」

剣一郎は言葉を切り、

「水川どのもすべてお話ししてくださらぬか」

「なんと」

秋之進は憤慨《ふんがい》して、

「私はすべてお話ししております」

と、強い口調で言い返した。

「そうでしょうか」

剣一郎は微《かす》かに口元に笑みを浮かべ、

「そうであるなら、これからきくことに答えていただけますね」

と、確かめた。

「なんでござるか」

「では、まず、横山町の『丹精堂』を陽炎一味が狙《ねら》っているとわかった点です。水川どのの使っている密偵《みってい》が『丹精堂』の様子を窺っている怪しい煙草売りの男を見たことから不審を抱いたそうですね」

「そうです」

「どうして、それで押し込みがあるとわかったのですか」

「勘のようなものと申し上げたはず……」

「勘だとしても、それだけでは材料が不足しているように思えるのです。もしかして、その密偵は煙草売りのあとを尾けてもっと手掛かりを得ていたのではありませんか」

「違う」

「あくまでも煙草売りの男に気づいたからということですね」

「そうです」

「次の『紅屋』の場合も勘ですか」

「煙草売りの姿が近くで見られ、風も強かったので、もしや、と」

「一味の狙いが『紅屋』だとはわかっていなかったのですね」

「そうです。本石町の辺りとしか、わかっていませんでした」

「それにしては、室谷どのはうまく『紅屋』の近くにいたものですね」

「それはたまたまです」

「じつは、私も強風の夜、『紅屋』の近くにやって来ていたのです」

「………」

「ちょうど裏口に差しかかったとき、黒い影が塀沿いに表通りに向かったのを見ました。不審に思い裏口の戸に手をかけると鍵がかかっていなかったので、今の黒い影は『紅屋』の裏口から出てきたのだと思いました。それで、『紅屋』の正面にまわったのです。すると、室谷どのが潜り戸を入っていこうとしていました。中には水川どのがいたそうですが。妙だとは思いませんか」

「…………」

「私が裏口に差しかかったとき見た黒い影は、最後の賊が逃げて行くところだったのでしょう。室谷どのの話が事実だとすると、北町が『紅屋』に駆けつけ、中に入ってからも、賊がまだ中にいたことになるのです」

「では、青柳さまはどう思っているのですか」

「室谷どのは裏口の戸の鍵がかかっていないとわかったら、その場に誰か見張りを置いて表にまわるべきだった。そうは思いませぬか」

「青柳さまの見たという黒い影が本当に賊のひとりであったとすれば、その点は北町の落ち度でしょう。まさか、私たちがわざと陽炎一味を見逃したとでも仰《おつしや》るのですか」

秋之進は声を高めた。

「最初の『丹精堂』のときも次の『紅屋』のときも、京之進はたまたま押し込み先の近くにいたのです。ですから、いつもより早く現場に駆けつけることが出来た。ところが、すでに北町が来ていました。水川どのの読みが勝ったと言ってしまえば、それまでですが」

「青柳さまは何が仰りたいのか、よくわかりませんが」

「わからないのであれば結構。それより、『川津屋』のことですが、主人亀太郎は加賀藩領内の宮腰にある回船問屋『北前屋』の主人亀次郎の兄だそうです。ご存じでしたか」

剣一郎は秋之進を鋭く見据えた。

「いや。そこまで知る必要はありませんから」

「そうですか」

剣一郎は少し考えてから、

「この先、陽炎一味は押し込みを続けると思いますか」

「いや、仲間がひとり死んだのです。もう、終わりでしょう」

「どうしてですか。四人でも出来るのでは？」

「六年前、陽炎一味が盗みをやめたのは錠前破りがいなくなったからと青柳さまは考えておいでのようですが、私は五人が四人になったからと思っています。あのような連中は験《げん》をかつぐものです」

「なるほど」

剣一郎は頷いてから、

「確かにさらに押し込みを続けるつもりなら文次を殺さなかったのではないか。つまり、もう押し込みをする必要がなくなったから文次を始末したとも考えられますね」

「文次を殺したのは仲間の侍ですか」

「斬り口から見るに、そうでしょう。『川津屋』の主人と番頭を斬った侍ですが、がっしりした体つきで顔が大きくて首が太い」

剣一郎は侍の特徴を口にした。

「もう押し込みをしないのなら、文次をわざわざ殺す必要はありますまい。文次は青柳さまに顔を見られた。だから、止《や》むなく一味は口封じをしなければならなかったのでは？」

「しかし、なぜあのように急いで殺したのか。やはり、もう押し込みはしないということと、どうしても文次の口を封じなければならないわけがあったとしか思えないのです」

「それ以外に根拠は？」

鋭い目を向け、秋之進がきいた。

「『川津屋』です」

「…………」

「さっきも言ったように、宮腰にある回船問屋『北前屋』との関係が気になるのですよ」

「なにが気になるのですか」

「加賀藩に関わりあるかもしれないからです。水川どの。いい機会ですから、お訊《たず》ねしたい。あなたは加賀藩のどなたと……」

「青柳さま。そのことは陽炎一味とは関わりないこと」

「お答えいただけませぬか」

「よけいなことは何も申し上げられない」

「では、老中の磯部相模守さまとの関係は？」

「一介《いっかい》の奉行所与力がご老中と関わりがあるはずはありますまい」

秋之進は口元を歪《ゆが》めたが、すぐ表情を戻し、

「いろいろお話をお聞きして参考になりました」

と会釈《えしやく》をして立ち上がった。

「水川どの」

剣一郎は秋之進を見上げ、

「お互い、まだ手の内を晒していないようです。近々、またお会いしましょう」

と、挑むように言う。

「よろしいでしょう」

秋之進は微かに笑い、席を立って引き上げていく。

剣一郎は秋之進の様子に違和感を抱いた。以前のように、青痣与力を凌駕《りようが》してやるという激しさが感じられなかった。確かに、剣一郎を出し抜こうとしているようだが……。

もしかして、今回は秋之進は……。いや、憶測《おくそく》で判断しては見通しを誤る。こっちは淡々と探索を続けるまでだ。

訝《いぶか》しく思いながら、剣一郎はあとからそば屋を出た。

辺りはだいぶ暗くなっていた。

三

翌日、剣一郎は本町一丁目にある『越中屋』に主人の甚右衛門を訪ねた。

客間で、大柄な甚右衛門と差し向かいになり、剣一郎はさっそく切り出した。

「数日前、行徳河岸の海産物問屋『川津屋』が押し込みに遭《あ》い、主人と番頭が殺された」

「はい。酷《ひど》いことでございます」

甚右衛門は表情を曇《くも》らせた。

「『川津屋』の主人の亀太郎を知っているか」

「はい。何度か顔を合わせたことがございます。通夜には参列いたしました」

「亀太郎は金沢の『北前屋』の主人亀次郎の兄ということだが、『北前屋』についてわかれば教えてもらいたいのだが」

甚右衛門は加賀藩領内の城端の出であり、二十年ほど前まで当時『能登屋』という屋号だった今の『難波屋』の本店で働いていたのだ。

「『北前屋』は宮腰の回船問屋です。主人の亀次郎どのは後添《のちぞ》いの子です。本家を弟が継ぎ、兄は『川津屋』に」

「異母兄弟か。亀太郎の母親はどうしたのだ？」

「さあ、そこまでは……」

「ふたりの仲はどうなのだ？」

「くわしくは存じませんが……」

甚右衛門は首を傾げてから、

「ただ、ふつうなら兄が本家を継ぐのでしょうが、弟が継いでいるので、そのあたりで何か確執《かくしつ》があったかもしれません」

「そうよな」

兄弟仲がうまくいっていないことは十分にありえる。が、だからと言って、今回の押し込みと関係しているとは考えづらい。

「青柳さま、『北前屋』が何か」

甚右衛門は怪訝《けげん》な顔をした。

「『川津屋』がなぜ、押し込みに狙われたのかを調べている。ひょっとして、『北前屋』との関係が背景にあるかもしれないと考えたのだ」

剣一郎は答えてから、

「『北前屋』と加賀藩との結びつきはどうなのだ?」

と、きいた。

「回船問屋ですから、いろいろな権益を得るために藩の重臣たちには取り入っているはずです」

「どの重臣と親しいかはわからぬな」

「はい。そこまでは」

「『川津屋』の内情に詳しい者は誰か知らないか」

剣一郎は確かめる。

「今すぐには思いつきませんが……」

「思いだしたら教えてもらいたい」

「はい」

剣一郎は『越中屋』をあとにした。

剣一郎が本町通りから日本橋の大通りに出ると、京之進とばったり出会った。

「青柳さま」

「どうした?」

「さきほど、北町の室谷どのから、もはや陽炎一味が押し込みをするとは思えないので、北町は田原町の『奈良屋』の見張りを解くと言ってきました」

「そうか」

「我らも解いた方がよろしいでしょうか」

「いいだろう。文次がいなくなって陽炎一味は四人。二千両はあるのだ。単純に山分けしてひとり五百両。欲ばらなければ、しばらくは危ない橋を渡る必要はない」

　それだけではない。陽炎一味は所期の目的を達したのではないか。陽炎一味の狙いは、はじめから『川津屋』だったという思いがしてならない。

『川津屋』に押し込んで役割を終えたにも拘《かかわ》らず、文次を殺さねばならなかったのは、後日に万が一、文次が捕まったとしたら、最初から『川津屋』が狙いだったことがばれてしまうからではないか。

「京之進、わしは陽炎一味を操っている黒幕がいるように思えてならぬのだ」

　剣一郎は京之進を人気のない空き地に誘って口にする。

「黒幕ですか」

「そうだ。陽炎一味の狙いははじめから『川津屋』だったのではないか」

「と仰いますと？」

「陽炎一味は金ではなく、主人の亀太郎の命を奪うことが狙いだった。これは押し込みを装った暗殺かもしれぬ」

「なんと。それでは『丹精堂』、『紅屋』はそのとばっちりを受けたということになるのですか」

「もちろん、わしの勘でしかない。だが、水川秋之進の神業にも思える陽炎一味の動きを読む力と北町の動きを考えると、どうしても考えはそこに行き着いてしまう」

「まさか、陽炎一味と水川さまがつながっていると？」

「いや。いくらなんでも水川秋之進が押し込みを手助けするとは思えない。だが、何かある。少なくとも北町では陽炎一味を捕縛《ほばく》出来まい」

「…………」

「陽炎一味の追及の取っかかりは『川津屋』だ。もちろん、『川津屋』への押し込みではない。主人の亀太郎の命を奪うことが狙いだ。その見方から『川津屋』を調べるのだ」

「畏《かしこ》まりました」

「宇野さまによれば、主人の亀太郎はもともと加賀国宮腰の回船問屋『北前屋』の長男なのだ。本家の子だ。しかし、本店とも言える『北前屋』は弟の亀次郎が継いでいるそうだ。その辺りのことも頭に入れてな」

「はい」

京之進は勇んで去って行った。

それから四半刻後、剣一郎は茅場町薬師の裏の卯平の家に来ていた。

卯平の表情から、剣一郎が感嘆《かんたん》した大らかさが消えて数日が経っていた。

さらにくたびれた様子の卯平は、膝をさすっていた。

「どうした、出かけていたのか」

それも遠出だったのではないかと、剣一郎は思った。

「はい。たった今帰ってきたところです」

「今のそなたが出かけて行くとしたら、お頭の市蔵を探しに行ったとしか考えられぬが」

「仰る通りでございます。六年前まで、お頭が住んでいた深川の入船町《いりふねちょう》に行ってきました」

「手掛かりは？」

「ありません」

卯平は落胆したように言ってから、

「青柳さま。私はどうしてもお頭がまた陽炎一味を集めたとは思えないのです。もう一度立ち上げたのは、文次と安七のふたりでしょう」

「あとの三人は元の陽炎一味とはまったく関係ないというのだな」

「はい」

「その根拠は？」

「お頭は、あのように荒っぽい盗みをするはずありません。それに、文次と安七がいれば、陽炎一味の手口をある程度似せられます。置き文もしかり」

「しかし、そなたは当初市蔵が加わっていると思っていたのではないのか」

「陽炎一味が押し込みを働いたと聞いたとき、まさかと疑いました。私を誘わなかったのは足の怪我を知っていたからだろうと思いながらも、陽炎一味を再び立ち上げるなら、やはりお頭は私にも声をかけるはずだと。文次はお頭に会わせると言って私を誘い出しましたが、嘘《うそ》をついていたのです」

卯平は縋《すが》るように、

「青柳さま。今回の押し込みにお頭は加わっていないはずです」

と、訴えた。

「信じよう」

「えっ？」

卯平は耳を疑ったように、

「信じてくださるのですか」

「わしも最初から、錠前破りの伊勢蔵がいなくなって盗みをやめた陽炎一味が、ひと殺しを厭《いと》わぬ賊に変貌するとは思えなかった。今度の陽炎一味の頭目はまったくの別人だ。その男は文次と安七をつかって陽炎一味を目晦《めくら》ましに自分たちの目的に邁進《まいしん》したのだろう」

「いったい、何奴が？」

「まだわからぬ。だが、いずれ正体を暴く」

「はい」

「ところで、市蔵のことだが」

「何か」

卯平は不安そうな顔を向けた。

「陽炎一味の噂は市蔵の耳に入っていよう。ならば、市蔵は何か動きを見せるはずではないか。陽炎一味の仕業ではないということを何らかの形で、たとえば、奉行所に投げ文をしてもいい。あるいは善後策《ぜんごさく》を練ろうとしてそなたを探すかも……」

剣一郎は言葉を切って、

「しかし、いまだに、市蔵らしき者からの働きかけはない」

と、続けた。

「青柳さま。もしや、お頭はすでに……」

卯平は目を剝《む》いた。

「いや。だが、病に臥《ふ》しているとか何らかの事情を抱えているのかもしれぬ」

「体を壊しているのでしょうか」

「とうに江戸を離れているということであれば別だが」

「お頭は江戸者です。陽炎一味として地方で暴れていましたが、余生《よせい》は江戸で過ごすと言ってました。近くにいるはずです」

「生まれは江戸のどこだ？」

「生まれは……」

　卯平は首をひねった。頭の中の何かをつかもうとしていたが、

「そういえば」

　と顔を上げた。

「いつだったか、寛永寺《かんえいじ》の鐘《かね》を聞いて育ったと言っていたことがありました。しかし、生まれた土地にはおとなになって足を踏み入れたことはないと」

「寛永寺の鐘か」

「池之端仲町や下谷は、下見でいっしょに歩いたことがあります」

「病気だとしたら、市蔵は生まれた土地に帰ったのかもしれない」

「あっ」

　卯平が何かを思いだしたようだ。

「団子坂《だんござか》です」

「団子坂？」

「子どもの頃、雪の坂道で遊んだ話をしていたことがありました。伊勢蔵が死んだと聞いた夜、ふたりでしみじみと酒を酌《く》み交《か》わしたのです。そのとき、そんな話をしていました。そうです。団子坂です。間違いありません」

「市蔵のくわしい特徴は？」

「この前言いましたが、大柄です。体の割には顔が小さく、気品がありました。胸から肩にかけて昇り竜の彫り物がありました」

「昇り竜の彫り物か。わかった。当たっているかどうかわからないが、こっちで探してみる」

「私も行きます」

「いや。いるかどうかわからぬ。まず、手先に行ってもらう。もし、それらしき男がいたら、改めて来てもらおう」

「わかりました」

卯平は頷いた。

「卯平。話は変わるが、そなたがここに引っ越してきたのは一年ほど前であったな」

「はい」

「以来、ほぼ毎日釣り糸を垂れていた」

剣一郎は、川面を穏やかに見つめる卯平を思い浮かべながら続けた。

「そなたが泰然と釣り糸を垂れている姿に惹《ひ》かれ、最近になってわしはそなたを知ったのだ。だが、その前から釣り糸を垂れていたのに、どうしてわしはそなたに注意がいかなかったのだろうか」

剣一郎は自問するように言い、

「わしは、そのことを考えていた。そして、ようやくある答えを導いた」

「…………」

「わかるか」

「いえ、私にわかるはずはありません」

「そなたの変化だ」

「…………」

「もちろん、そなたが陽炎一味と知って気がついたことではあるが」

剣一郎が何を言おうとしているのかを察したのか、卯平の顔色が変わった。

「そなたは足が治るように茅場町薬師に日参するために引っ越して来たといったが、ほんとうの目的はわしではないのか」

「いえ、それは」

卯平は狼狽《ろうばい》した。

「隠さんでいい。そなたは、錠前破りの伊勢蔵を捕まえたわしに、復讐する機会を狙っていたのではないか」

卯平は口をわななかせ、

「恐れ入ります」

と、畳に手をついた。

「伊勢蔵が私たちのことに一切口をつぐんで死んでいったことが、ずっと心に残っておりました。陽炎一味を解散し、一味がばらばらになって、私も盗んだ金の分け前で悠々自適《ゆうゆうじてき》に暮らしていました。これで足の怪我さえなければ、あちこち遊び呆《ほう》けていてつまらない考えは起こさなかったかもしれません」

卯平は喋りだした。

「足の怪我で動きは制限されました。その分、いろんなことを考える暇がたくさんありました。中でも多く思いだされたのが伊勢蔵のことでした。伊勢蔵が私たちを守って死んで行ったと思うと、じっとしていられなくなって。伊勢蔵を捕まえた青痣与力を恨《うら》むようになりました」

剣一郎は頷きながら黙って聞いている。

「伊勢蔵の仇《かたき》を討つという思いに駆られ、八丁堀に近い茅場町薬師の裏に居を求めたのです。そして、毎朝、楓川で釣りをする振りをしながら青痣与力の一行が通るのを見ていました」

　卯平は大きくため息をつき、

「毎日のように青痣与力を見ていましたが、不思議なことに怒りが湧《わ》いてこないのです。家に帰って伊勢蔵のことを思い返すたびに怒りが蘇《よみがえ》るのですが、青柳さまの姿を見ると怒りはどこかに飛んで行ってしまいました。伊勢蔵の仇と思っても、青痣与力の気高い姿に心が治まっていくのを感じたのです。それから、私はいろいろなひとに聞き回り、青痣与力のひととなりを知りました。そして、あるとき気がついたのです。伊勢蔵は喜んで死んで行ったのではないかと」

「喜んで？」

　はじめて剣一郎は口をはさんだ。

「伊勢蔵は私にこんなことを漏らしたことがあります。陽炎一味はいつもうまく行き過ぎている、こんなことがいつまでも続くはずはねえ、と。私は誰にも正体を知られずにきたんだ、まだまだ続けられると言い返しましたが」

　卯平は俯《うつむ》けた顔を上げ、

「おそらく、伊勢蔵は潮時《しおどき》を考えていたんじゃないかと思います。ある意味、青痣与力、いえ青柳さまに捕まったことを心の隅では喜んでいたのではないでしょうか。そう考えていたとき、思いがいたったことがあります。伊勢蔵はときたま腹を押さえ、苦しんでいることがありました。心配して声をかけると、なんでもねえと答えるばかりでした。伊勢蔵は自分の体に病魔が襲いかかっていることに気づき、死に場所を探していたのかもしれません」

「…………」

「そう思った瞬間から、青柳さまへの恨みや怒りは嘘のように消え、逆に伊勢蔵を救ってくれたのだと思うようになりました。それから、私の心の曇りがとれ、不思議なことに穏やかな気持ちになりました」

「その心境の変化がそなたの雰囲気に出ていたのだ」

「まさか、その頃、陽炎一味が復活していたとは……」

「本物の陽炎一味は文次と安七だけだ。おそらく、ふたりは何者かにそそのかされ、利用されたのだろう」

そう思ったとき、剣一郎はあっ、と息を呑んだ。

「卯平。また来る」

剣一郎はそう言い、奉行所に走った。奉行所に駆け込んだとき、同心詰所から京之進が飛び出してきた。

「青柳さま。さきほど、瀬戸物町《せともの ちょう》一丁目の一軒家で男の斬殺死体が見つかったと知らせがはいりました。これから向かうところです」

「瀬戸物町一丁目というと、『紅屋』のある本石町からそれほど離れていないな。殺された男の身許はわかっているのか」

「自身番の番人の話では、ひと月前から部屋を借りていた安吉《やすきち》という男だそうです」

「安吉……」

安吉と安七。剣一郎ははっとした。

「気になることがある。わしもあとから行く」

「はっ」

剣一郎はすぐに卯平のもとに引き返した。

四

剣一郎は卯平を伴い、瀬戸物町一丁目の外れにある一軒家に入って行った。

家の中は町方の者でごった返していた。京之進がすぐに気づいて、剣一郎と卯平を現場の奥の部屋に招じた。

部屋の真ん中で長身の男が仰向《あおむ》けに倒れていた。喉《のど》を裂かれ、乾いた血の中に倒れこんでいる。すっかり血は固まっており、殺されてからだいぶ経っているようだった。

「卯平。確かめるのだ」

剣一郎は背後にいる卯平を前に出した。卯平はおそるおそる倒れている男の顔を見た。瞬間、嗚咽が漏れた。

「安七に間違いないか」

「へえ、安七です」

卯平はやりきれないように答えた。

「安七。誰にやられたんだ？」

卯平は冷たくなった安七に声をかける。

「文次を斬った侍だろう」

「あの侍が……」

霊岸島の大川端で、卯平もその侍に襲われかかったのだ。

「口封じだ。文次と安七をそそのかした奴がいるのだ」

「青柳さま。この男は？」

　京之進が口をはさんだ。

「陽炎一味だ。おそらく、『紅屋』に押し込んだあと、千両箱を抱えた一味はここに逃げ込んだのだ。探せば、その痕跡《こんせき》が出てこよう」

「はっ」

　京之進は岡っ引きに、部屋の中を探すように命じた。

「卯平。ご苦労だった。よいか、勝手に動き回るな」

「はい」

　卯平はひとりで先に引き上げた。

　剣一郎はもう一度亡骸を調べる。安七は特に恐怖におののいた顔ではなかった。自分は誰にも顔を晒していないから殺されないと思っていたのだろう。

　岡っ引きがやってきた。

「旦那、ありましたぜ」

「何があった？」

　京之進がきく。

「千両箱です。庭で壊したようです」

「青柳さま。やはり、ここが隠れ家だったのですね」

「水川秋之進の推察どおり、一味もそれぞれ家を借りていたのだ」

「押し込み先の近くに借りていたとしたら、今はすでに引き払っているのではありませんか。『紅屋』はここ、『川津屋』は霊岸島町、最初に押し込みのあった『丹精堂』は横山町周辺に一軒家を借りていたはずですね。最近家を借り、ここ数日で引き払った家を探せば、一味の者に行き当たるのではないでしょうか」

「うむ。だが……」

「何か」

「前も探しても見つからなかったのではないか」

「はい。でも、前回はあてもないままの調べでした。今回はこの家のこともあるので、確信をもって探せます」

「うむ。ともかくやってみよう」

剣一郎はある懸念を持ったが、とりあえず探してからのことだと思い、あえて口にしなかった。

「青柳さま」

京之進は小声で、

「このこと、北町には知らせますか」

「うむ。知らせたほうがいいだろう。ただ、京之進が直に室谷伊之助に知らせるのだ。そして、そのときの相手の反応をよく見ておいてくれ」

「わかりました」

剣一郎は現場をあとにした。


その夜、八丁堀の屋敷に太助がやってきた。

「安七が殺されていたそうですね」

「口封じだ。あの侍の仕業だ。まあ、上がれ」

剣一郎は勧める。

「へえ」

濡縁《ぬれえん》から上がって、太助が言う。

「それにしても、ひとの命をなんだと思っているんですかねえ。『紅屋』で番頭、『川津屋』で主人と番頭、そして仲間の文次と安七。もう五人も殺していますぜ」

「冷酷な奴だ。だが、単にひとを斬るのが好きというわけではないかもしれぬ」

剣一郎は冷静に考えた。

「えっ、どうしてですかえ。五人も平気で殺しているんですぜ。ひと斬りが道楽なんじゃないですかえ」

太助は憤慨《ふんがい》して言う。

「それなら、なぜ最初の『丹精堂』ではひとを斬らなかったのだ。血を見るのが好きなら、そこでも店の者を斬っていたはずだ」

剣一郎はかねてから気になっていたことを、改めて思い起こした。『紅屋』の番頭が土蔵の前で斬られたことだ。

同じような状況でありながら『丹精堂』では刃傷沙汰《にんじょうざた》はなかった。『紅屋』の場合とどこが違ったのか。

剣一郎の考えでは、陽炎一味の狙いははじめから『川津屋』の主人亀太郎を殺害することにあったのではないかと思っている。そのための布石《ふせき》とも考えられなくはない。しかし、大川端で対峙《たいじ》した侍の剣は冷静であった。引き際を知り、血に飢《う》えた剣ではなかった。無闇《むやみ》にひとを斬るような輩《やから》とは思えない。

だとしたら、その侍は理由があって相手を斬ったのだろう。『紅屋』の番頭は最初から斬らねばならぬ標的だったのか。

標的ではなかったとしても、殺さねばならぬと判断した可能性もあった。土蔵の前で何かあったのだ。土蔵から千両箱を運び出すとき、番頭が侍の正体に気づいたか……。だから、斬らねばならなかったのではないか。

また、主人の亀太郎といっしょに殺された『川津屋』の番頭も標的だったとも考えられる。主人と番頭はたまたま殺されたのではなく、ふたりが狙いだったとしたら、そこからも何か手掛かりがつかめそうだ。

「今回の陽炎一味の押し込みには裏がある。背後で一味を操っている輩がいるのだ。そのことをはっきりさせるために、陽炎一味の頭の市蔵と話したい」

剣一郎は切り出し、

「太助」

と、声をかけた。

「そなたに市蔵を探しだしてもらいたい」

市蔵が生まれた土地で暮らしていて、病を得ているかもしれないことを伝え、団子坂周辺を探し回るように言った。

「市蔵は大柄で、体の割には顔が小さく、気品があったそうだ。なによりの目印は、市蔵の胸から肩にかけて昇り竜の彫り物があるという」

翌日、剣一郎は本石町の『紅屋』に顔を出し、客間で主人と会った。

「つかぬことをきくが、『紅屋』は加賀藩に出入りをしているか」

「いえ。お付き合いはありません」

「そうか」

「なんとか加賀藩のお方と知り合いになり、お近づきになれるように番頭さんが頑張ってくれていたのですが」

「殺された番頭が？」

「はい」

「殺された番頭は藩邸に顔を出していたのか」

剣一郎はきいた。

「いえ、そこまでは。じつは小石川片町《こいしかわかたまち》に一刀流で高名《こうめい》な、牧野嘉兵衛《まきのかへえ》剣術道場があります。そこは私どもの得意先のひとつでして、その道場の門弟には加賀藩の藩士が何人かいらっしゃいます。その方々を通して加賀藩に食い込めないかと番頭さんが言っていました」

「番頭はその道場に顔を出していたのだな」

「はい」

「わかった」

もしかしたら、あの覆面の侍は、その道場の者ということも考えられる。体つきから侍の正体に気づいたのでは……。

『紅屋』を出た剣一郎は編笠をかぶり、その足で小石川に向かった。

昌平橋《しょうへいばし》を渡り、湯島聖堂《ゆしませいどう》脇から本郷通りに入り、加賀藩前田家の前を通り小石川片町に向かった。

牧野嘉兵衛剣術道場は大きな門構えの道場だった。道場の窓から通行人が道場を覗き込んで稽古《けいこ》風景を見ていた。

剣一郎は門を潜り、玄関に向かった。すぐ左手にある道場から激しい稽古の声や音が聞こえる。

玄関に立ち、ごめんと剣一郎は声をかけた。

若い門弟が出てきた。剣一郎は編笠のまま、

「牧野嘉兵衛どのにお目にかかりたい」

と、申し入れる。

「私どもは他流仕合いをいたしません。どうぞ、お引き取りを」

「いや、そういう者ではない。牧野嘉兵衛どのにお会いしたいのだ」

「お約束でしょうか」

「ない」

「申し訳ございません。師は約束がないと……」

「それはもっともだ」

剣一郎は編笠をとり、

「では、こう伝えてもらいたい。南町与力の青柳剣一郎が訪ねてきたと」

「青柳さま」

若い門弟は剣一郎の左頰に目をやり、

「少々、お待ちください」

と、あわてて奥に引っ込んだ。しばらくして、門弟が戻ってきた。

「どうぞ、お上がりくださいませ」

「では」

編笠を土間の隅に置き、剣一郎は式台に足をかけた。

客間に通され、待つほどのこともなく、四十半ばと思える総髪の男がやってきた。

剣一郎の前に腰を下ろし、

「牧野嘉兵衛でござる」

「南町の青柳剣一郎でございます」

「ご高名はかねがね伺《うかが》っております。して、青柳さまがなにゆえ、拙者に？」

「たいしたことではありませんが、ちょっとある事件の関わりで確かめたいことがございまして」

「ひょっとして『紅屋』の番頭のことでしょうか」

嘉兵衛は口にした。

「『紅屋』の番頭をご存じですか」

「うちにも出入りをしていましたので。殺されたとは」

嘉兵衛は表情を曇らせた。

「こちらの門弟に加賀藩の藩士もいらっしゃるそうですね」

「加賀藩だけでなく旗本《はたもと》の子息《しそく》も通っております」

「そうですか。がっしりした体つきで、首のふとい侍はいらっしゃいますか」

「門弟にですか」

「門弟に限らず、師範代などの道場で指導する方々にも」

「そういう体つきの者はひとりだけおりますが」

嘉兵衛は困惑したように言う。

「道場のお方ですか」

「客人です」

「客人?」

「はい。半年前から離れに住み、門弟たちに稽古をつけてもらっています」

「どういう関係で?」

「たまたま、道場にやってきたのです。腕が立つので、稽古をつけてもらいたいと思い、離れに住んでもらっています」

「名は?」

「大場《おおば》竜蔵《りゅうぞう》どのです」

「今、いらっしゃいますか」

「いるはずですが」

「お目にかかりたいのですが」

「…………」

「もし、稽古をつけているところなら道場にお邪魔しますが」

「お待ちください」

嘉兵衛は手を叩《たた》いた。

さっきの若い門弟がやって来た。

「大場どのに、南町の青柳剣一郎さまがお目にかかりたいと仰っていると伝えてきてくれ」

嘉兵衛は告げる。

「はっ」

一礼をし、若い門弟は去って行った。

「青柳さま。もしや、番頭を殺した押し込みの一味の探索でございますか」

嘉兵衛は表情を暗くしてきいた。

「じつは、その番頭が出入りをしていたところをすべてこうしてまわっているのです。なにしろ、まったく手掛かりがないもので」

剣一郎はわざと苦笑して答える。

廊下に足音がした。さっきの若い門弟が部屋の前で畏まり、

「大場さまは離れでお待ちしているとのことです」

と、伝えた。

「そうか。では、青柳さまを離れにご案内してくれ」

嘉兵衛は応じた。

「では、失礼いたします」

剣一郎は嘉兵衛に礼を言い、部屋を出て若い門弟のあとについて行く。

いったん玄関に出て、庭木戸を抜けて裏にまわる。

「大場どのはひとりで離れにいるのか」

剣一郎はさりげなくきく。

「はい。おひとりでいらっしゃいます」

「訪ねてくる者は?」

「さあ。いないと思います。でも、夜に裏から入ってこられたら、母屋《おもや》にいる私たちは気づきません」

「誰か、訪ねてきた者が実際にいたことが」

「何かの用で夜に庭に出たら、離れからひとの話し声が聞こえてきたことがありました。でも、大場さまは独り言だと」

「なるほど」

この若い門弟は内弟子のようだ。

「こちらです」

戸を開けて、土間に入り、

「大場さま。青柳さまをお連れいたしました」

と、若い門弟は声をかけた。

「上がっていただくように」

低い声だ。

「どうぞ」

「うむ」

編笠を土間に置き、剣一郎は刀を腰から外して部屋に上がった。

部屋の真ん中に三十過ぎの大柄な男が端然《たんぜん》と座っていた。肩幅が広く、首が太い。眼光も鋭い。瞬間、あのとき立ち合った相手だと感じた。だが、自分の思い込みに過ぎないかもしれない。

「大場竜蔵でござる。天下の青痣与力が私に会いに来てくださるとは光栄に存じます」

大場竜蔵は落ち着いていた。

「して、私にどのような御用が？」

「最前も牧野嘉兵衛さまにお話をいたしましたが、こちらの道場と関係のある本石町の『紅屋』が押し込みに遭《あ》い、そこの番頭が陽炎一味に斬られました」

剣一郎はふと間を置いて、

「大場どのはその番頭をご存じですか」

「いや、私は会ったことはありません」

「しかし、番頭のほうは大場どののことをご存じだったのでしょうね。門弟に稽古をつけている姿を見ていたでしょうし」

「そうですな。向こうは知っていたかもしれません。でも、間近で顔を合わせたり、言葉を交わしたことはありません」

「そうですか」

「なぜ、そのようなことをお訊ねに？」

「土蔵の鍵を開けた『紅屋』の番頭が斬られなければならなかったのか。その理由を探しているのです」

「押し込みに逆らったからではないのですか。あるいは、ひとりで逃げようとしたとか」

「そうかもしれません」

剣一郎は素直に頷いたあとで、

「ただ、違う考えも出来そうなのです」

「違う考え？」

「番頭は賊の正体に気づいたのではないか。つまり、賊は番頭が知っている相手。だから、口封じのために殺された……。いえ、これはあくまでも私の勝手な考え」

「………」

竜蔵は厳しい顔で剣一郎を睨《にら》みつけている。

「ところで、大場どのはどちらの藩に？」

「西国です。主家の名はお許しください。浪人になったとはいえ、主家に迷惑をかけたくはありません」

「いつ江戸に？」

「一年前です。行き場のないところを、半年前に牧野さまに助けていただいたのです」

「そのとき、牧野さまと初対面でしたか」

「そうです」

「文次と安七という男をご存じではありませんか」

「いや、知りません」

竜蔵は微かに笑みを浮かべ、

「なんだかお調べを受けているような心地ですが」

「いえ、とんでもない」

剣一郎はあわてたように言い、

「最後にもうひとつ。あなたは海産物問屋の『川津屋』をご存じですか」

「いえ、知りません」

「そうですか。では、当然、『川津屋』の主人亀太郎が加賀国宮腰にある回船問屋『北前屋』の主人と兄弟であることも知りませんね」

「もちろんです」

「そうですか。どうもあれやこれやと不躾《ぶしつけ》な問いかけをして申し訳ございませんでした」

剣一郎は挨拶《あいさつ》をして腰を上げた。

「いえ、お役に立てなくて恐縮です」

竜蔵も立ち上がって上がり框《かまち》まで見送りに出た。

剣一郎は土間におりて、刀を腰に差し、編笠を手にしたあと、

「あっ、そうそう。もうひとつ」

と、竜蔵に向き合った。

「なんでございましょうか」

「水川秋之進どのをご存じでは？」

「水川秋之進？　何者ですか」

竜蔵は平然ときく。

「いえ、ご存じなければそれでいいのです」

剣一郎は静かに言い、

「では、失礼いたします」

剣一郎は庭木戸を出て、門に向かった。そのとき、射るような視線に気づいて顔を向けた。大柄な男が腰をかがめ、会釈をした。小さくて丸い目が、抜け目のなさそうな印象を与えている。下男のようだが、それにしては険しい雰囲気がある。ほんとうに下男だろうか。

剣一郎はその男に近づいた。男は身構えたように剣一郎が近づくのを待っている。

「何か、あっしに」

そばに立った剣一郎に、男はきいた。

「そなたは？」

「へえ、下働きの者です」

「いつからいる？」

「半年前です」

「すると、大場竜蔵どのといっしょだな」

「…………」

「名は？」

「又十《またじゆう》と申します」

「又十か。出身は？」

「へえ、北のほうです」

「北か。加賀のほうか」

「いえ」

「まあいい。邪魔した」

剣一郎は改めて門に向かった、門を出るとき、さりげなく振り返ると、又十がじっと見ていた。その男のことを気にしながら、剣一郎は道場をあとにした。

五

翌日、剣一郎は太助の案内で、団子坂の途中から千駄木町《せんだぎちよう》に入った。残暑が厳しいが、木陰《こかげ》に入ると、風が心地よい。

八百屋や下駄屋が並んでいる通りの端に、古い家があった。突き当たりは田畑で、かなたに寛永寺の五重塔が望めた。

「ここです」

太助は格子戸の前に立ち、戸を開けた。

「ごめんください」

太助が声をかけると、奥から腰の曲がった老婆《ろうば》が出てきた。

「これは昨日のお方」

「はい、太助です。また、市蔵さんに会いにきました」

「お待ちですよ、どうぞ」

老婆は剣一郎に会釈してから言う。

太助は陽炎一味のお頭・市蔵を簡単に探し当てた。団子坂周辺に見当《けんとう》をつけ、医者を訪ねた。

そして、市蔵という男のところに往診に行っている医者にぶち当たった。陽炎一味の頭目の名が市蔵だとは誰も知らないので、そのままの名を名乗っていたようだ。

市蔵は涼しい風が吹いてくる部屋で横たわっていた。剣一郎は枕元に座った。頬がこけ、かなり窶《やつ》れていた。卯平が語った昔の市蔵の姿とはだいぶ違っていた。はだけた胸元から肩にかけて彫り物が見てとれ、それでかろうじて市蔵とわかるだけだ。

「南町の青柳剣一郎である。陽炎一味の頭目だった市蔵だな」

剣一郎は声をかける。

「へい。さようでございます」

「具合はどうだ？」

「へえ。腹の中に質《たち》の悪い腫《は》れ物が出来て、もう手の施《ほどこ》しようもない状態です。医者からはあとひと月だと言われています」

「そうか」

市蔵の衰《おとろ》えようからもそれはわかった。

「仕方ありません。悪い事をしてきましたから」

市蔵は悟ったように言う。

「そなたのことは卯平から聞いた」

「あっしも昨日、太助さんから卯平のことをお聞きしました。卯平は足を怪我してしまったが、変わりなく過ごしていたんですね」

「そなたに会いたがっていた」

「あっしも会いたい」

市蔵は目尻を濡らした。

「陽炎一味は伊勢蔵が捕まって終わりました。もし、伊勢蔵が捕まってなければ、まだ盗みを働き、いずれ青柳さまに御用になったでありましょう。伊勢蔵はよく言ってました。陽炎一味はあまりにも順調にやってこられた。うまく行き過ぎた。このままなら、いつかきっとしっぺ返しを食らうと。だから、もうやめませんかと口癖のように言っていたんです」

「苦しくないか」

呼吸が荒いようなので、剣一郎は気づかった。

「いえ、だいじょうぶです」

市蔵は答えて続ける。

「伊勢蔵は自らを犠牲にして陽炎一味を解散させたんです。残った四人で稼《かせ》いだ金を山分けにし堅気になろうと誓い合って別れました。ところが、このざまです。お天道《てんと》さまは堅気になっても許してくださらなかった」

市蔵は自嘲《じちょう》ぎみに呟く。

「卯平は足以外はだいじょうぶなんですかえ」

「卯平は穏やかに暮らしていた」

「暮らしていたとおっしゃいますと」

さっきからの話の様子では、陽炎一味の押し込みの件は知らないようだ。

「卯平に何かあったんですかえ」

落ち窪《くぼ》んだ目を鈍《にぶ》く光らせて、市蔵はきいた。

「卯平には何もない。ただ、文次と安七にあった」

「文次と安七の消息もわかっているんですかえ。ふたりはどうしているんですね」

「気になるのか」

「もちろんでございます。何年もいっしょに働いた仲間ですからね。黙って素直についてきてくれたんです。若いんだから堅気になって心安らかに暮らして欲しいと思っていました」

「そうか」

剣一郎はやりきれないように呟く。

「文次と安七に何かあったんですかえ」

市蔵はきいた。

「ふたりは死んだ」

「えっ？」

市蔵は目を剝いた。

「文次と安七が死んだ……」

「そうだ。ふたりは堅気になれなかったのだ。分け前を使い果たし、それで再び押し込みの一味に加わった」

偽《にせ》の陽炎一味のことは口にしなかった。市蔵の作った陽炎一味はひとを殺《あや》めず、誰にも姿を晒さず、ただ〈陽炎参上〉の置き文だけで自分たちの存在を誇示してきたのだ。その陽炎一味が人殺しの隠れ蓑《みの》に使われたことを知って市蔵がどう思うか。

衝撃を受けたとしても事実を伝えるべきか、あるいは陽炎一味のことは市蔵の中で美しいままで残しておいてやるべきか。その判断は卯平に任せようと思った。

「文次と安七はその押し込みにいいように利用されて、あげく口封じのために殺された」

「あのばかども、なぜ堅気になれなかったのだ……」

市蔵が嗚咽をもらした。

「あっしは錠前破りの名人の伊勢蔵と、狭い場所でいくらでもじっとしていられる卯平を仲間に、盗みをしようとしたんです。ただ、千両箱を担げる若い男が必要だということで、盛り場でうろついていた文次と安七に声をかけて仲間に引き入れました。なまじ、あっしが声をかけさえしなければ……」

「いや。文次は所詮《しょせん》堅気になれなかった男だ。自分でもそのことを弁《わきま》えていて、迷惑をかけるからと実家には寄りつかなかったそうだ」

文次の兄との話をした。

「おそらく安七も同じだ。ふたりはこうなる定めにあったのかもしれない」

「これで陽炎一味五人のうち三人が死んで、あっしもあと僅かの命。卯平だけになっちまうんですね」

　市蔵はしんみり言い、

「でも、あっしはこうして畳の上で死んでいけるんです。それだけでも仕合わせだと思わなきゃなりません」

「これから卯平といっしょに過ごすというのはどうだ？　伊勢蔵に文次、安七の三人の冥福《めいふく》を祈りながら」

「卯平さえよければ、ぜひそうしてえ」

　市蔵はため息をつき、

「陽炎一味を解散したあと、それぞれが他人になろうと誓い合って別れた。そもそも、それが間違いだったのかもしれねえ」

「いや、おそらく文次と安七は付き合っていたんだ。だから、陽炎一味のときの味が忘れられなかったのではないか。ふたりが赤の他人になっていれば堅気になれたのでは」

　剣一郎はなぐさめるように言い、

「大事にな」

　と声をかけ、剣一郎は立ち上がった。

「ありがとうございました」

市蔵は感謝を伝え、太助にも、

「探し当ててくれて感謝しているぜ」

と、礼を言った。


それから、剣一郎は茅場町薬師の裏の卯平の家にやって来た。

「市蔵に会ってきた」

いきなり、剣一郎は切り出した。

「お頭が見つかったんですかえ」

「やはり、臥していた」

「そうですか。で、どんな具合で？」

「すっかり痩せさらばえていた。医者からはあとひと月だと言われているようだ」

「ひと月……」

卯平は呆然と呟く。

「そなたに会いたがっていた。文次と安七が死んだことを告げると、涙ぐんでいた。陽炎一味も卯平ひとりだけになってしまうとしんみりしていた」

「そうですか」

「市蔵も望んでいるが、そなたは市蔵といっしょに暮らしたらどうだ？　市蔵の最期を看取《みと》ってやるのはそなたの役割かもしれぬ」

「仰る通りです。お頭のそばにおります」

「それがいい。それから、市蔵は偽の陽炎一味が押し込みを働いていたことを知らなかった。だから、その話はしていない。必要とあれば、そなたの口から話すがいい」

「わかりました」

　卯平は頷いてから、

「青柳さま。陽炎一味であった私の罪はどうなりましょうか」

「六年前のことだ。ほんとうにそなたが陽炎一味であったかどうか、明かすことは難しい。それに、我らは偽の陽炎一味の探索で忙しい」

「青柳さま……」

「早く、市蔵のところに行ってやれ。そなたとの再会は市蔵を元気にするかもしれぬ」

「はい」

卯平は大きく頷き、

「これから会いに行きます」

と、はっきり言った。

「じゃあ、あっしが案内いたします」

太助が口をはさんだ。

卯平は黙って頭を下げた。


あとを太助に任せ、剣一郎は卯平の家を出て、奉行所に戻った。

すぐに宇野清左衛門に会いに行き、年番方与力の詰所の隣の部屋で差し向かいになった。

「いくつかお知らせすべきことが」

剣一郎が切り出すと、清左衛門は厳しい表情を向けた。

「まず、今回の陽炎一味は偽者《にせもの》であることがはっきりしました。六年前までの陽炎一味のお頭は市蔵という男で、今病床にあります」

卯平の話から市蔵に会った経緯を語り、

「昔の陽炎一味で今生きているのは、お頭の市蔵と卯平だけになりました。その市蔵も寿命が尽きようとしています。出来れば、陽炎一味の始末は少し先にしたいのですが」

「構わぬ。青柳どののよきように」

清左衛門は応じる。

「はっ。ところで偽の陽炎一味の影がおぼろげに見えてまいりました」

「ほんとうか」

「はい。小石川片町に牧野嘉兵衛剣術道場があります。そこに寄宿している大場竜蔵という浪人こそ、私が大川端で対峙した侍にほぼ間違いないと思われます。また、そこにいる下男ふうの大柄な男。下男とも思えぬ眼光の鋭さ。名は又十と言うそうです。この者も偽の陽炎一味ではないかと。もちろん、証は何一つなく、私の勘でしかありませんが」

剣一郎は『紅屋』の番頭が殺されたことに引っ掛かりを覚え、番頭が出入りをしていた牧野嘉兵衛剣術道場に出向き、大場竜蔵と又十と会うまでの経緯を語った。

「今後、私はこのふたりから目を離さず、そして『川津屋』の内情を探り、偽の陽炎一味を追い詰めていきたいと思います」

「やはり、加賀藩の影がちらつくか」

「はい。おそらく、大場竜蔵も又十も、加賀藩縁《ゆかり》の者ではないかと。今、加賀藩前田家で何が起きているのか、それがわからないので、誰が敵で誰が味方になりうるかも見当がつきません。ですので、それを調べるのは困難ではありますが」

「そうよな、それに、敵の狙いが『川津屋』だったらすでに目的は達した。今後、鳴りをひそめるはずだ。そうなったら、ますます探索が……」

「そのために相手を挑発しておきました。それに乗ってくれるといいのですが」

大場竜蔵と又十がどう出るか、剣一郎はふたりを迎え撃つ覚悟を固めていた。

第四章　盗《ぬす》っ人《と》の理《ことわり》

一

翌日の朝、髪結いが引き上げたあと庭先に来た太助から昨日のことを聞いた。

「卯平さんは市蔵さんの手をとって泣いていました」

太助はもらい泣きしたと言い、

「卯平さんはそのまま市蔵さんの家に居つくことになりました。あっしはすぐに引き上げましたが、きっと昨夜は遅くまで語り合ったんじゃないでしょうか」

「そうか」

「卯平さんが、おいしい茶を差し上げるという約束が果たせなかったことをお許しくださいと」

「覚えていたのか」

　剣一郎はしんみり言い、

「このままふたりを静かに見守ってやろう」

　と、呟《つぶや》く。

「太助、また、頼みがある」

「へい」

　弾《はず》んだ声で答える。

「小石川片町に牧野嘉兵衛剣術道場がある。そこに大場竜蔵という浪人が寄宿している。そして、もうひとり、下男ふうの又十という大柄な男がいる。このふたりが偽《にせ》の陽炎一味だ」

「どうしてわかったのですか」

「『紅屋』の殺された番頭の筋からだ」

　その経緯を説明し、

「あとひとり、仲間がいるはずだ。近くにいるかもしれぬ」

「そいつを探しだすのですね」

「そうだ。それに大場竜蔵と又十について門弟たちにきいてまわってくれ。青痣《あおあざ》与力《よりき》の手の者だと名乗ってな」

「えっ、そんなことをしたら、ふたりに筒抜《つつぬ》けになるじゃありませんか」

「それが狙《ねら》いだ」

「まさか、ふたりをおびきよせるために」

「そうだ。わしも挑発するようなことを告げたが、念には念を入れておきたい。追い詰めれば、それだけ動きを見せるはずだ」

「わかりました。やってみます」

「危険な真似《まね》だけはするな」

「へい」

太助は元気に庭を飛び出して行った。


その後、剣一郎は『川津屋』を訪れた。

主人と番頭を失ったが、店は開いていた。剣一郎は家人の使う戸口から入り、女中の案内で客間に通された。

しばらくして、内儀《ないぎ》がやって来た。

「辛いときにすまぬが、また話を聞かせてくれるか」

剣一郎は内儀を気づかい、

「必ずや、ご亭主の仇《かたき》をとる」

と、強い口調《くちょう》で言う。

「ぜひ、お願いいたします」

「押し込みが入ったときのことを思いだしてもらいたい。気がついたときにはもう賊は部屋の中に入っていたのだな」

「はい、そうです。すぐに賊が私を縛《しば》り、手拭《てぬぐ》いで猿ぐつわを……。それから、うちのひとに匕首《あいくち》を突き付け、土蔵の鍵《かぎ》を出せと」

「鍵はすぐに？」

「はい。番頭さんにもってこさせました。賊は番頭さんを連れて庭に行ったのです。そしたら、刀を持った賊が入ってきてうちのひとを」

「すぐに斬《き》ったのだな」

「はい」

「その間に、賊はご亭主に何か声をかけたか」

「いえ、無言でした」

「すると、ご亭主は賊に逆らったり、あるいは賊の正体に気づいたというわけではないのだな」

「そうです。うちのひとはじたばたしていませんでした。それなのにいきなり」

内儀は嗚咽《おえつ》をもらした。

「番頭はどんな男だったのだ？」

「うちのひとがもっとも信頼していた番頭さんでした。商売のこと以外でも、うちのひとは番頭さんの忠告をよく聞いていました」

「加賀国宮腰にある回船問屋『北前屋』の主人とは兄弟だそうだな」

「はい。うちのひとが兄になります」

「兄弟の仲はうまくいっていたのか」

「いいえ、それほどでも」

「うまくいっていなかったのか」

「うちのひとの母親は追い出されて、後添《のちぞ》いとの間に生まれたのが弟の亀次郎さんです。先代は亀次郎さんのほうが可愛《かわい》かったのか、後添いに気兼ねをしてか、『北前屋』の後継ぎを亀次郎さんにし、江戸に『川津屋』を作ってうちのひとを追い出したのです」

「兄弟の間にも確執《かくしつ》があったのか」

「はい。でも、うちのひとはこのお店で満足していましたから、そのことに対して恨《うら》みがましいことは何も言っていません」

「『北前屋』を継げなかったことを恨んではいなかったのだな」

剣一郎は確かめた。

「そうです」

「他のことで、何かもめていたことは？」

「いいえ。ただ、『北前屋』の商売のやり方で気に入らないことはあったようで」

「それが何かわかるか」

「いえ。わかりません」

「そのことを知っているのは？」

「うちのひとと番頭さんだけです」

「番頭も『北前屋』の商売のやり方に不満を持っていたのか」

「そのようです」

「それがなんだか想像もつかないか」

「はい」

「加賀藩に絡《から》むことかどうかは？」

「加賀藩……」

内儀が小首を傾《かし》げた。

「何か、気になることでも？」

「いえ、『北前屋』のことかどうかわかりませんが、一度、うちのひとが『加賀藩に深入りしてはだめだ』と呟いていたのを聞いたことがあります」

「加賀藩に深入りか。『川津屋』はどうなのだ？」

「海産物を納めさせていただいていますが、他のお得意先と同じ扱いです。特に、加賀藩からよくしてもらっているわけではありません」

「加賀藩で、特に親しくしているお方はいるのか」

「いないと思います。加賀藩にとっては、あくまでも『川津屋』は『北前屋』の出店に過ぎないようですから」

「そうか」

やはり、加賀藩に絡むこととは『北前屋』のことを指しているのではないかと、剣一郎は思った。つまり、『北前屋』は加賀藩に深入りをしているのだ。

「『北前屋』の亀次郎と会ったことはあるか」

「はい。三年前、義父の回忌《かいき》法要で、宮腰に行きました。そのとき、お会いしました」

「どのような男だ？」

「はい。如才のない、腰の低いひとです。でも、うちのひとに言わせると、上辺と内心は違うと。かなりな野心家だと言ってました」

「野心家か」

　ふと思いついて、

「亀太郎は『北前屋』の商売のやり方に不満を持っていたというが、亀次郎に注意をしたりしていたのか」

「兄として小言などは言っていたかもしれませんが、くわしいことは……」

　内儀は首を横に振ってから、ふいに真顔になって、

「『北前屋』が何か」

と、きいた。

「いや、何でもない。ついでにきいたまでだ。そうそう、押し込みが入る前に、北町与力の水川秋之進どのと同心《どうしん》の室谷伊之助どのが訪ねてきたな」

「はい。いらっしゃいました」

「なにしにやって来たのだ？」

「陽炎一味が押し込みを企《くわだ》てているので十分に注意をするようにとのことでした。それで、敷地内をくまなく見ていただき、用心すべきところを教えてもらいました」

「なに、母屋や土蔵もか？」

「はい」

まるで、水川秋之進が陽炎一味の手先となり下見をしたようではないか。

まさかとは思っていたが、ここまでとなると、疑惑は膨《ふく》らむ。今すぐにでも秋之進を問い詰めたい心持ちだが、秋之進は素直に認めるはずはない。

剣一郎は気持ちを落ち着かせ、やはり秋之進が絡んでいる確たる証とともに、なぜ『川津屋』の主人亀太郎と番頭が殺されねばならなかったのかという理由をまず探る必要があると、自分に言い聞かせた。

「また、何か訊《たず》ねることがあるかもしれぬ」

そう言い、剣一郎は立ち上がった。

剣一郎が行徳河岸から鎧《よろい》河岸を経て、思案橋《しあんばし》を渡り、小網町《こあみちょう》一丁目にやってきたとき、前から室谷伊之助がこちらに向かって来るのに出会った。

室谷伊之助が気づいて会釈《えしゃく》をした。

「北町のほうは陽炎一味の探索はどうなっているのだ?」

剣一郎はきいた。

「手詰まりでして」

室谷は眉根《まゆね》を寄せて答える。

「探索をやめたわけではないのか」

「そんなことはありません」

川端に誘った。

「『川津屋』に押し込みが入る前に、水川どのとそなたは『川津屋』を訪れていたな。どんな用だったのだ?」

「押し込みの注意を促《うなが》すためでございます」

「わざわざ水川どのものか」

「はい」

「水川どのは他の商家には顔を出していないようだな」

「どうでしょうか。私とは川津屋だけですが」

「どうして『川津屋』だけなのだ?」

「不審な煙草《たばこ》売りの男がうろついたところから、次の狙いが『川津屋』だと見当《けんとう》をつけたのです」

「それでも、そなただけが訪れれば済む話ではないか」

「………………」

「水川どのが行かねばならぬ理由があったのか」

「いえ、特には」

「『川津屋』の主人に、水川どのは何をきいたか覚えているか」

「いえ」

室谷は苦しそうに顔を歪《ゆが》めた。

「今、『川津屋』の内儀に会ってきたところだ。内儀が言うには水川どのは敷地内をくまなく確かめたという。どうだ？」

「そうだったかもしれません」

室谷は認めた。

「なぜ、そこまでのことを？　必要か」

「………………」

「そなたはそのとき、水川どのの様子に何か感じなかったのか」

日本橋川に川船が通って行った。

「どうだ？」

「別にそのときは……」

「そなたも、そのことをきこうとしていたのか」

「いえ、そこまでする必要は無いのではとは思いました。しかし……」

「なぜ、水川どのはそんなことをしたのか。そのわけをきかなかったのか」

「与力さまに、そこまではきけません」

室谷は苦しそうに答える。

「そなたから聞いたとは言わぬ。そなたは、それをどう思った？」

「どういうと？」

「いや、そなたが何も感じなかったのなら仕方ない。呼び止めてすまなかった」

剣一郎はそう言い、立ち去ろうとした。

「青柳さま」

室谷が呼び止めた。

「何か」

剣一郎は立ち止まって振り返る。

「……いえ」

室谷はあわてて首を横に振った。

通行人の中に奉行所の者がいないとも限らない。室谷は用心したのかもしれないと思った。

剣一郎は近付き、

「今夜、わしの屋敷に来い」

と囁《ささや》き、すっと室谷の前から離れた。


その夜、室谷が剣一郎の屋敷にやってきた。

部屋で差し向かいになり、剣一郎は切り出す。

「ここで聞いたことは他言《たごん》せぬ。だから、正直な思いを語ってもらいたい」

「わかりました」

「昼間、そなたが口にしようとしたのは水川どののことだな」

「はい」

室谷は硬い表情で頷《うなず》く。

「聞こう」

「水川さまは青痣与力に引けをとらない与力だと、北町では期待を一身に背負っております。私もそう思っていました。ですから、陽炎一味の押し込み先を予想したことも、水川さまならではの眼力と信じておりました。おかげで最初の横山町の『丹精堂』、続いて本石町の『紅屋』と押し込みがあった直後に我らが到着することが出来ました。ただ、現場に逸早《いち》くかけつけられた理由について、裏通りに怪しい人影を見たからと説明するように、水川さまから言われました。何も考えず、水川さまの言いなりになって……」

室谷は深呼吸をし、

「ところが事件が起きる前に『川津屋』を訪れたとき、青柳さまがご指摘のように敷地内をくわしく調べるのを不自然に思いました。そして、実際に『川津屋』に押し込みが入り、主人と番頭が殺されたのを見て、微《かす》かに不審を抱きました。でも、それでも水川さまを疑うなどという考えは持ちませんでした。ですが、その後、なぜか水川さまは押し込みの探索に消極的になりました。いえ、北町は手を引いたも同然でした。そんなとき、青柳さまの言葉を聞き、だんだん水川さまへの不審が募《つの》っていきました」

室谷は言葉を切り、

「水川さまは押し込みの現場に北町を南町より先に到着させ、探索を北町の掛かりにしようとしたのです。そして、『川津屋』の場合には、南町を別の場所に行かせ、間違いなく北町が先に乗り込めるよう態勢を整えた感さえありました。もはや、私は水川さまは陽炎一味と通じているとしか思えなくなったのです。でも、水川さまがなぜそのようなことをしたのか、理由がわかりません」

語り終えて、室谷は大きくため息をついた。

「そなたもそういう疑念を抱いていたのか」

剣一郎は呟く。

「はい、口には出せず、もやもやした状態がずっと続いておりました。きょうの昼間、青柳さまから声をかけられ、やっと自分の思いを話す気になったのです。じつは、あのとき、私も『川津屋』に行くところでした」

「そうであったか。よく話してくれた」

剣一郎は室谷を讃《たた》えてから、

「確かに、水川どのの様子は最初から妙だった。特に、わしが気になったのは、水川どのに以前のような迫力がなかったことだ。前は、わしに対しても牙《きば》を剝《む》いてきた。今回はそれを感じない」

「そう言われれば……」

室谷は考え、

「私は青柳さまを探索に引き入れたのも、自分の手柄を効果的にするためだと思っていました。でも、そうではなかったのです。今回は青柳さまへの敵対心があまり見えませんでした。以前はもっと……」

室谷は不思議そうに言う。

偽の陽炎一味とつるんでのことに負い目があったのだろうかと、剣一郎は秋之進の心に思いを馳《は》せた。

秋之進は何かに悩んでいるのでは……。ふと、そんな気がした。

二

翌朝、剣一郎は髪結いに月代《さかやき》を当たってもらいながら、考えに没頭していた。髪結いも声をかけず黙って髪を梳《す》いている。

『川津屋』の主・亀太郎と番頭殺しを、陽炎一味の押し込みの仕業《しわざ》に仕立てたのは、殺す理由を隠すために他ならない。

ただ単に亀太郎と番頭が殺されたらその理由が容易に推察されるからではないのか。やはり、弟で回船問屋『北前屋』の主・亀次郎との確執にその因があるのではないか。

それがどのようなものかわからないが、ある想像はつく。加賀藩に絡んでのことだ。亀太郎は、加賀藩に深入りしてはだめだと呟いていたという。『北前屋』が加賀藩の重臣らとつながっていたことも想像出来る。

つまり、何もなく亀太郎と番頭が殺されたら、加賀藩に深入りしている『北前屋』に絡んだ殺しと見なされ、そちらに探索の目が向いてしまう。

そうさせないために、陽炎一味の押し込みという手を考えたのではないか。だが、確かな証はなく、あくまでも想像の域を出ない。

「へい、お疲れさまでございました」

髪結いが剣一郎の肩にかけた手拭いを外して言う。

「ごくろうであった」

ふと思いついて、剣一郎はきいた。

「近頃、わしと北町の水川秋之進とのことを扱った噂《うわさ》はないようだな」

「はい、あまり聞きません。陽炎一味をどちらが捕縛《ほばく》するかと騒いでいたときもありましたが、それも下火になりました」

「そうか。陽炎一味の件はどんな噂が立っている？」

「へえ」

髪結いは言い淀《よど》む。

「どうした、遠慮はいらぬ。耳にしたことを話してみろ」

「わかりました。陽炎一味は『川津屋《や》』から千両箱を盗むことに失敗した。これで、六年前と同様、押し込みをぴたっと止めるだろうと」

「押し込みを止めると？　それはどこから出た考えであろうか」

「瓦版《かわらばん》です。それで、今回もまた青痣与力は陽炎一味にしてやられたと……」

「そうか」

瓦版屋は陽炎一味が押し込みを止めると誰にきいたのだろうか。本当に止めたかどうかはまだわからないはずだ。

「ごくろうだった」

「へい」

髪結いは道具箱を持って引き上げて行った。

剣一郎が奉行所に出仕《しゅっし》すると、すぐに宇野清左衛門に呼ばれた。

清左衛門は文机《ふづくえ》の前で体をこっちに向け、

「青柳どの、大坂に行っている新兵衛から手紙が届いた」

「して、『堺十郎兵衛』のことは？」

剣一郎は身を乗りだす。

「見つからなかったそうだ」

そう言い、清左衛門は手紙を寄越《よこ》した。

名に堺とついているので堺まで行って探したが、『堺十郎兵衛』なる商家はなかった。ただ、五年前まで堺十郎兵衛という男が古着の行商をしていたので、その男を探していると記されていた。

「やはり、大坂の奉行所の調べは間違っていなかったようだ」

清左衛門はため息混じりに呟き、

「古着を商っていた堺十郎兵衛という男が気になるが……」

と、困惑したように付け加えた。

剣一郎は最後まで読んだ手紙を巻きながら、

「この堺十郎兵衛と鴻池との関わりを調べると書いてありますが」

「うむ。堺十郎兵衛は鴻池の隠れ蓑《みの》かもしれぬからな」

「はい。それは十分に考えられます。ですが……」

剣一郎は首をひねり、

「そうだとしても、『堺十郎兵衛』の娘が当時の『能登屋』の若旦那《わかだんな》に嫁《とつ》いだのが十年前。五年前には屋号を『難波屋』に変え、現在にいたっています。もし、鴻池だとしたら、なぜいまだに正体を隠しているのでしょうか」

「加賀藩にまだ深く入り込んでいないからではないのか。加賀藩の重臣たちには鴻池が入り込むことを拒《こば》む気持ちが強い。だから、隠れ蓑が必要だったのではないか」

「私も当初はそう思っていました。しかし、鴻池だとわかった時点で藩の重臣たちは排斥《はいせき》に動くのではないでしょうか」

「うむ。そこまで鴻池を警戒しているということだな。鴻池が重臣の誰かと通じれば、鴻池の立場も強くなろうが」

「重臣の誰かと通じている……」

清左衛門の言葉を、剣一郎は反芻《はんすう》した。

「もしや……」

剣一郎ははっとした。

「どうかしたか」

清左衛門が怪訝《けげん》そうな顔をした。

「鴻池のことばかり考えていましたが、加賀国にも鴻池ほどでなくとも豪商がいるのではありませんか」

「『北前屋』のことか」

清左衛門は目を剝いて言う。

「『北前屋』なら藩の重臣の誰かと通じ合うことが出来ます。回船問屋なら儲《もう》けも大きいでしょう」

「確かに。だが、いくら儲かると言っても、鴻池に敵《かな》うまい。加賀藩に入り込めるほどの実入りがあるだろうか」

「その重臣が『北前屋』にだけ回船業における諸々《もろもろ》の便宜《べんぎ》を図っていたとしたらいかがでしょうか」

「うむ」

「『川津屋』の亀太郎は商売のことで『北前屋』の亀次郎のやり方に不満を持っていたようです。加賀藩に深入りしてはだめだと言っていたのも『北前屋』のことを指しているとも考えられます」

思いつくまま口にしながら、剣一郎は考えをまとめていた。

「すると、陽炎一味の押し込みと偽って『川津屋』の亀太郎を殺したのは『北前屋』の亀次郎だと？」

「いえ。『北前屋』だけではここまでは出来ません」

「………」

「宇野さま。これから『難波屋』に直《じか》に当たってみます」

「青柳どの。ことは慎重にな。もし、青柳どのの考えが正しければ、『難波屋』も敵の仲間だ」

「相手にゆさぶりをかけるしか、こちらには手がありません」

悲壮な覚悟で言い、剣一郎は清左衛門の前から下がった。

半刻後、剣一郎は上野新黒門町の質屋『難波屋』の暖簾《のれん》をくぐった。

帳場《ちょうば》格子《ごうし》に、番頭がいた。

「これは青柳さま」

「主人に会いたい」

「少々、お待ちを」

番頭はそばにいた手代に主人を呼んでくるように命じた。

「そなたは、大坂の『堺十郎兵衛』から来たと言っていたな」

「はい」

「ずっと『堺十郎兵衛』で働いていたのか」

「さようでございます」

「今、『堺十郎兵衛』はどうしている？　奉公人を『難波屋』に送ってしまうと、大本のほうに奉公人がいなくなってしまうではないか」

「そのような心配はありません」

「そうか。もう一度きくが『堺十郎兵衛』は今も商売をしているのだな」

「もちろんでございます」

「どうして、そう思うのだ？　大坂からひとがやって来るのか」

「ひとだけでなく、金の行き来もありますので……」

「『堺十郎兵衛』は船場にあると聞いたが」

「そうです」

「じつは大坂まで『堺十郎兵衛』を訪ねて行った者がいてな。そんな店はなかったと言うのだ」

「…………」

「『堺十郎兵衛』はほんとうにあるのか」

「あると何度も申し上げているでしょう」

「では、どうして見つからなかったのだ？　じつは大坂の町奉行所にも探してもらったのだ」

番頭の顔色が変わった。

「そなたは『堺十郎兵衛』で働いていたと言う。どういうことだ」

「それは……」

番頭が返答に窮《きゆう》したとき、

「青柳さま」

と、奥との境にかかっている長暖簾をかき分けて主人の幸四郎が現われた。

「『堺十郎兵衛』の件については、少し事情がありまして」

上がり框《かまち》の近くまでやって来て、幸四郎は腰を下ろしながら言う。

「ほう、事情とな」

「はい。じつは『堺十郎兵衛』は仮の名」

「仮の名ということは、何かほんとうの名を隠さねばならないわけがあったということだな」

「私も詳しいことは聞いておりません。ただ、大坂から金沢の『難波屋』に奉公先を変えた者は、出身は『堺十郎兵衛』であると話すように言いつかっているのです」

「わけもわからず、奉公人は『堺十郎兵衛』で働いていたと言っていたのか」

「はい。商売には何ら差し障りはないことですので」

「それはそうだ。だが、自分たちが働いていた商家に思い入れはないのか。どこからやって来たということに誇りはないのか」

「私たちに与えられた場所である『難波屋』を大事にしたいという思いのほうが強いのでございます」

「だから『堺十郎兵衛』という名を出すことに何も抵抗がなかったというのか」

「さようでございます」

「『堺十郎兵衛』の実《まこと》の名は？」

「それはご容赦《ようしゃ》を。口外《こうがい》しないように言われていますので」

「誰にだ？」

「本店の主人にでございます」

「なぜ、口外してはいけないのか、そのわけを知っている者はいないのか」

「ひとり、おります」

「誰だ？」

「そのお方に確かめてからでないと……」

「では、確かめてもらいたい」

「お断りされるかもわかりませんが」

「では、その者にこう伝えてもらう。南町の青柳剣一郎は『堺十郎兵衛』の実の名を『北前屋』ではないかと思っているとな」

「………」

幸四郎は声を失っている。

「そうなると、なぜ、『能登屋』に代わる屋号を『難波屋』にしたのかが不可解だ。あたかも大坂の古着屋が『能登屋』を支援したかのような体裁に見せているのは『北前屋』との関わりを隠すため。では、なぜ、『北前屋』との関わりを隠さねばならなかったのか」

「青柳さま」

幸四郎は口を挟《はさ》んだ。

「私には青柳さまの仰っていることがよくわかりません」

「わからなければ、それでよい。わしがそう思っていることを承知し、わしの考えに間違いがあれば誰でもいい、わしの考えを正してくれ。一日待とう。明日の昼過ぎ、もう一度ここに来る。それまでに、事情を知っているものを探し出しておくのだ」

そう言い、剣一郎は引き上げた。


『難波屋』を出て、新黒門町から御成道に入ったとき、前方から歩いて来る水川秋之進を見かけ、とっさにひとの群れに身を隠した。

秋之進は剣一郎に気づかず、そのまま下谷広小路に向かう。剣一郎は秋之進が過ぎ去ったあと、一瞬迷ったが、あとを尾《つ》けた。

秋之進は難しい表情をしていた。秋之進は下谷広小路から池之端仲町に向かい、不忍池の辺《ほとり》にある料理屋に入って行った。

なぜか、剣一郎は秋之進の身を案じた。最初から秋之進の動きに一貫性がないようだった。

北町の与力が押し込みとつながっている。ふつうであれば考えられない。だが、この陽炎一味に大きな裏があるとしたら秋之進への見方が変わる。

そして、『川津屋』の押し込みに『北前屋』が絡み、その『北前屋』は加賀藩と深く関わっている……。

「青柳さま」

料理屋の門の脇に立っていると、太助がそばにきた。

「どうしてここに？」

「小石川片町の牧野嘉兵衛道場からの帰りです。たまたま青柳さまをお見かけして。青痣与力の名を出して、いろいろききまわって来ました」

「何かわかったか」

「はい」

「向こうへ行こう」

剣一郎は不忍池の辺に向かった。

「聞こう」

立ち止まって、剣一郎は促す。

「へい。まず、又十という下働きの男は、牧野嘉兵衛道場に半年前に大場竜蔵と相前後して入り込んだそうです」

　太助は続ける。

「又十は加賀の出のようです」

「やはりな、大場竜蔵もそうか」

「はっきりしませんが、加賀国のことは詳しいようです」

「ご苦労だった。このあと、たのみがある」

「はい」

　剣一郎は、秋之進が料理屋で会っているであろう相手を確かめるように命じてその場を離れた。

　その夜、やって来た太助は、秋之進が会っていた相手は鬢《びん》に白いものが目立つ武士で、大名小路にある老中磯部相模守の屋敷に帰っていったと報告した。

　秋之進の背後に相模守が控えているらしいことは想像がついていたが、思っていたよりも深い結びつきなのかもしれない。町奉行所の与力ともあろうものが権力者の手先になっているのかと、剣一郎は憂鬱《ゆううつ》な気持ちになった。

三

翌日の昼過ぎ、剣一郎は残してきた言葉の通り新黒門町の『難波屋』にやって来た。

剣一郎が暖簾をくぐって土間に入ると、主人の幸四郎が帳場格子にいた。剣一郎の顔をみると、すぐ立ち上がってきて、

「青柳さま。お待ちしておりました」

と、上がり框まで出てきた。

「じつは今、金沢の本店から吉五郎《きちごろう》という番頭が来ております。吉五郎に青柳さまの件を伝えたところ、私からすべてをお話しするということでした。ただ、吉五郎はちょっと腰を痛めて歩けないので、橋場《はしば》の方までご足労いただけないかと……」

「わかった」

「申し訳ございません。吉五郎は橋場の『難波屋』の寮におります」

「さっそく出向く」

剣一郎は『難波屋』を出ると、編笠《あみがさ》をかぶって橋場に向かって歩きだした。

半刻（一時間）後、剣一郎は橋場にやって来て、鏡ケ池《かがみがいけ》の辺《ほとり》にある『難波屋』の寮を探し当てた。

門を入り、戸口にいた寮番の男に、吉五郎の名を告げる。

「どうぞ」

寮番の案内で、奥の部屋に行く。部屋には大柄な男がひとり待っていた。がっしりした体つきだ。

「吉五郎にございます」

向かい合うなり、大柄な男は挨拶《あいさつ》をする。四十前だろう。

「南町の青柳剣一郎でござる。お聞き及びと思うが、『堺十郎兵衛』の名を隠していたわけを教えてもらいたいのだ」

「畏《かしこ》まりました」

吉五郎は軽く頭を下げて、

「青柳さまのご指摘のように、今は『堺十郎兵衛』はございません」

「以前はあったというのか」

「はい、十年前、『堺十郎兵衛』のお嬢さまは金沢の『能登屋』の若旦那のもとに嫁ぎました。それから五年で、『堺十郎兵衛』はすべてを『能登屋』に移しました」

「どういうことだ？」

「『堺十郎兵衛』は店を畳み、奉公人をすべて『能登屋』に移したのです。そのとき、屋号を変えました」

吉五郎は平然と答える。

「では、五年前の時点で、『堺十郎兵衛』はなくなっていると？」

「はい。店はなくなりました。何人かが残り、後始末をし、それからその者たちも順次、『難波屋』に移りました」

「しかし、五年前まで手広く商売をしていたなら、覚えているものも多かろう。そんな話もなかったようだ」

「おそらく、鴻池の差し金でございましょう」

「鴻池の差し金だと？」

剣一郎は新しい言い訳かと眉根を寄せた。

「はい。じつは、『堺十郎兵衛』は鴻池の当主の怒りを買い、大坂で商売ができなくなってしまったのです」

「怒りとは？」

「ちょっと不義理を働きまして」

「どんな不義理だ？」

「『堺十郎兵衛』のお嬢さまの件でございます。じつは当初、鴻池のご子息との縁組が決まりかけていたのです。ところが、それを破談《はだん》にし、『能登屋』の若旦那の弥五郎さまに嫁いだのです。鴻池はそれから大坂中に『堺十郎兵衛』と商売するなと回状をまわし……」

「当時、『能登屋』は借財《しやくざい》を背負い、店を畳まざるを得ない危機に直面していたそうではないか。そんなところに娘をやったのか」

「はい。『堺十郎兵衛』の主人はもう大坂では生きていけないと思い、活路を『能登屋』に求めたのでございます。そして、五年目に全財産を『能登屋』に注ぎ込んだというわけでございます」

「しかし、『堺十郎兵衛』があったという事実は覆《くつがえ》りそうもないが」

「大坂では、鴻池の意に沿うように、『堺十郎兵衛』はなかったということになっているのです」

「それほど鴻池の威光《いこう》は凄まじいのか」

「はい、町奉行所にもその力は及んでいると思います」

「なるほど」

剣一郎は感心した。よく言い訳を思いついたものだ。町奉行所もかなりの付け届けをもらっているだろうし、鴻池の威光によって周囲が屈服《くっぷく》するというのは、鴻池ならさもありなんという話だ。

なかなか真偽《しんぎ》を突き止めにくい言い訳を考えたことに、剣一郎は感服《かんぷく》するしかなかった。

「では、『堺十郎兵衛』はじつは加賀国にある『北前屋』ではないかというわしの見方は違っているということか」

「恐れながら、そういうことはありません」

吉五郎は口元に笑みを浮かべて言う。

「鴻池は『堺十郎兵衛』が『難波屋』となったことに気づいていないのか」

「気づいていたとしても、加賀藩領内ですから手を出せないはずです」

「『難波屋』は加賀藩前田家にだいぶ食い込んでいるようだな」

「…………」

「加賀藩の重臣のどなたと親しいのか」

「どなたということはなく、藩のみなさまに御愛顧いただいております」

「『難波屋』と『北前屋』の関係は？」

「関わりはありません」

「関わりはない？」

「はい」

「そなたも『堺十郎兵衛』で働いていたのか」

「はい」

「ということは、そなたは大坂生まれの大坂育ちか」

「そうでございます」

返事まで、一呼吸の間があった。

「その割には大坂言葉ではないな」

「大坂を離れて何年も経《た》ちますから」

「『難波屋』の者からは言葉づかいを含め、大坂の匂いを感じないが」

「もう大坂者ではなく加賀の住人だから、加賀の言葉を覚えるように主人の弥五郎が教え込んでいますので」

「なるほど、大坂の色を薄めようとしているのだな」

「はい」

「それなのに、なぜ屋号は『難波屋』なのだ？」

「大坂の色をすべて消す代わりに、大坂を忘れないように屋号だけはという思いだったと聞いています」

「なるほど」

剣一郎は頷いて、

「そなたは『川津屋』を知っておるか」

「先日、陽炎一味に押し込みに入られたとか」

「それで知っているということか。『川津屋』が『北前屋』の出店であることは知らなかったのか」

「いえ。もちろん、知っています」

「『川津屋』と付き合いは？」

「同じ加賀からの出店同士ということで、お付き合いはあるかもしれませんが、私は金沢におりますので……」

「付き合いはないというのか」

「特にございません」

「そうか。『川津屋』は陽炎一味に押し込まれたのではない。陽炎一味を騙《かた》った賊に主人と番頭は殺されたのだ」

「下手人は陽炎一味ではないと？」

「そうだ。真の狙いは『川津屋』の主人亀太郎と番頭を殺すことだったと見ている。そなたに何か思い当たることはないか」

「いえ、まったく」

吉五郎は首を横に振った。

「そうか。ところで、そなたは大場竜蔵という男を知らないか。体が大きく、首が太い侍だ」

「………」

微かに、吉五郎の眉が動いた。

「知っているのか」

「いえ」

あわてて吉五郎は言う。

「又十という男は？」

「知りません」

「そうか」

剣一郎は素直に頷いてから、

「ところでそなたは腰を痛めたということだが？」

「はい、持病でございまして。すぐにでも金沢に帰りたいのですが、ままなりません。そんなわけで、青柳さまにこのようなところまで足をお運びいただき、申し訳ございません」

「なんの。わしは話を聞かせてもらう身だ。自ら足を運ぶのは当然のこと」

「恐れ入ります」

「また、何かあったら話を聞かせてもらいに来るかもしれぬ」

「畏まりました」

剣一郎は吉五郎と別れ、寮番に挨拶をして、寮を出た。

陽が傾いていた。剣一郎は寺が続く道に入った。右手に寺が並び、左手は町家が並んでいたが、やがて町家が途切れ、左手にも寺が現われた。

両脇を寺に挟まれた人通りのない寂しい場所だ。蝉《せみ》の鳴き声がしていたが、急に止んだ。剣一郎は殺気を感じたが、そのまま突き進む。

前方の寺の塀の陰から三人の侍が現われた。身形《みなり》からすると、浪人と思えた。浪人は三人横に並んで近づいてきた。剣一郎はゆっくり前に進む。

真ん中に長身で顔の長い男。右に中肉中背のいかつい顔の男。左に小肥《こぶと》りの髭《ひげ》面《づら》の男。

正面の男が足を緩《ゆる》めた。両脇の男はそのまま歩いてきた。剣一郎を囲むつもりだろう。

相手の内に入り込むように剣一郎は歩を進める。左右に浪人がすれ違う。正面から長身の浪人がゆっくり近づいてきた。

左右の浪人が後方に過ぎたとき、いきなり前方の浪人が抜刀して突進してきた。背後からも抜刀の音が響く。剣一郎は剣を抜き、背後からの剣を避けるために前に踏み込んで長身の浪人の剣を弾《はじ》き、すばやく回り込む。

「何者だ？」

剣一郎が誰何《すいか》する。

「わしを誰か知ってのことのようだな」

「誰かは知らぬ。編笠の侍の命を奪うように頼まれた。覚悟してもらう」

長身の浪人が正眼《せいがん》に構えて言う。

「頼んだのは誰だ？」

「言えぬ」

「言えぬのはわしを斃《たお》す自信がないからか。斃す自信があれば、誰から頼まれたか口にしても問題はあるまい」

「黙れ」

髭面が上段から斬り込む。剣一郎はその剣を鎬《しのぎ》で受け止め、押しつけながら相手の足の脛《すね》を蹴《け》り上げた。

髭面は派手に尻餅《しりもち》をついて倒れた。

「おのれ」

中肉中背の男が剣を突いてきた。剣一郎は身を翻《ひるがえ》して剣を避け、すかさず相手の手首を峰《みね》で打ちつける。男は悲鳴を上げて剣を落とした。

長身の浪人は正眼に構え、じりじり間合いを詰めてくる。剣一郎は脇構えをとった。間合いが詰まり、斬り合いの間に入ったとき、長身の相手がふりかぶった。裂帛《れっぱく》の気合で襲ってきた剣が頭上に迫る寸前、剣一郎は腰を落として横に飛んだ。相手の剣が空《くう》を斬る。すかさず、剣一郎は踏み込んで長身の浪人が体勢を立て直すまえに剣尖を相手の心ノ臓に突き付けた。

だが、相手は強引に剣を振り上げて剣一郎の剣を払った。再び、相手は正眼に構え、今度は剣一郎も正眼に構えた。

長身の浪人は間合いを詰めてきたが、途中で足が止まった。

「誰に頼まれたのだ？」

剣一郎は改めてきいた。

「言わぬと、利《き》き腕を斬る。二度と剣を使えぬようになる、よいか」

「………」

「言わぬな」

剣一郎は迫った。

「おまえは誰だ？　何者なのだ？」

長身の浪人は恐怖を振り払うようにきいた。

「南町与力の青柳剣一郎だ」

「ばかな」

長身の浪人が叫んだ。

剣一郎は片手で顎《あご》の紐《ひも》を外し、編笠をとった。

あっ、と浪人たちは叫んだ。

「青痣与力……」

髭面が愕然《がくぜん》として呟く。

「頼んだのは、大柄で丸い小さな目をした男だ」

長身の浪人が打ち明けた。

「又十か」

「名は知らぬ。ここまでいっしょに来た。どこかにいるはずだ」

長身の浪人は辺りを見た。

ふと、剣一郎は山門に人影を見た。が、すぐ山門の柱の陰に消えた。

「そなたたち、二度と金でひとを襲うような真似はするな。きょうは見逃す」

そう言い捨て、剣一郎はいきなり走った。

山門をくぐると、本堂の脇を走っていく男の後ろ姿を見た。又十のようだ。やはり、動いたのだ。

又十を追うのを諦め、元の場所に戻ると、すでに浪人たちは逃げ去っていた。

剣一郎が橋場までやって来たことを知っているから、又十は待ち伏せ出来たのだ。やはり、『難波屋』と大場竜蔵、そして又十はつながっているようだ。

ただ、気になることがある。寮からの帰りを狙えば、当然、『難波屋』とのつながりを疑われると思わなかったのか。

必ず、剣一郎を仕留めるという自信があるならともかく、そうでなければ襲撃にふさわしいとは思えない。そのことは当然、思い至っていたはずだ。

剣一郎が橋場から新黒門町の『難波屋』にやって来たときには辺りはすっかり暗くなっていて、暖簾は片づけられて大戸が閉められようとしていた。

「これは青柳さま」

番頭は会釈した。

「すまぬが、主を呼んでもらいたい」

「はい」

番頭はすぐに主人の幸四郎を呼びに行った。

「青柳さま。吉五郎のところには？」

「今、帰りだ」

「さようでございましたか」

「つかぬことをきくが、わしが橋場の寮に行くことを知っていたのは誰かわかるか」

「何か」

　幸四郎は不思議そうにきく。

「いや。ただ知りたいだけだ」

「そうですか」

　腑《ふ》に落ちないようだが、幸四郎はすぐ口にした。

「私と番頭だけです」

「ほんとうにそれだけか」

「はい。あとは使いにやった下働きの男です」

「使いというと、吉五郎のところには使いの者が行ったのか」

「はい、そうです。手紙を持たせました」

「その男は今、いるか」

「はい」

「名は？」

「房吉《ふさきち》です」

「出はどこだ？」

「加賀の者です」

「どうやって奉公するようになったのだ？」

「近くにある口入れ屋に下男を頼んでいたのです」

「いつからここに？」

「半年前です」

大場竜蔵も又十も牧野嘉兵衛の道場に入り込んだのは半年前だ。房吉も半年前。偶然か。房吉には黙っているように言って、剣一郎は口入れ屋に向かった。

口入れ屋はすぐわかったが、すでに閉まっていた。剣一郎は潜《くぐ》り戸を叩《たた》いた。

戸が開いて、丸い顔の男が現われた。

「南町の青柳剣一郎である。至急、確かめたいことがある」

そう言い、剣一郎は土間に入った。

「そなたは？」

「はい、主人の松蔵《まつぞう》です」

でっぷり肥った男だ。

「半年前、房吉という男を『難波屋』の下男に世話したそうだが」

「ええ、確かに」

「房吉の請人《うけにん》は？」

「少々、お待ちください」

松蔵は台帳を開いた。

何枚かめくってから指を這《は》わせ、ようやく顔を上げた。

「お待たせいたしました。房吉の請人は小石川片町の牧野嘉兵衛というお方です」

「なに、牧野嘉兵衛とな」

剣術道場の道場主だ。

「牧野どのと房吉の間柄は？」

「房吉は剣術道場で住み込みをしていたそうですが、『難波屋』で下男をさがしているることを知ってうちに来たのです」

「そうか。牧野嘉兵衛が請人か」

剣一郎は呟く。

「邪魔した」

剣一郎は口入れ屋を出て帰途《きと》についた。

四

その夜、剣一郎は夕餉《ゆうげ》のあと、庭に出た。

日中は暑くても夜になると涼しい風が吹いてきた。星が瞬《またた》いているが、月はまだない。

月の出はだいぶ遅くなっている。

剣一郎は『難波屋』の本店の番頭吉五郎に思いを馳《は》せた。

大坂に『堺十郎兵衛』という商家が見つからなかった理由を、吉五郎は鴻池のせいにした。

『堺十郎兵衛』はじつは『北前屋』の偽装ではないかと考えたが、吉五郎の話は剣一郎の考えを否定するものだった。

『堺十郎兵衛』が鴻池の怒りを買ったという話を聞いた当初は眉唾《まゆつば》だと思ったが、落ち着いて考えると、ありえない話ではないかもしれないと思うようになった。

もし、吉五郎の語ったことが真実なら、『難波屋』と『北前屋』は無関係ということになる。

帰りを待ち伏せて、剣一郎を襲わせたのは又十であろう。又十は房吉の知らせで剣一郎の動きを知ったのだろう。

なんのために房吉は『難波屋』に入り込んでいるのか。

房吉は加賀国の出だという。大場竜蔵や又十とともに江戸に出てきて、牧野嘉兵衛の道場にやって来たのではないか。

植込みから黒い影が現われた。

「青柳さま。こんなところにいらっしゃったんですか」

太助が驚いてきく。

「考え事をしていた」

剣一郎は正直に言う。経緯を話すと、

「大場竜蔵と又十を取り押さえて口を割らすことは出来ないのですか」

太助はきいた。

「いや、口を割るまい。押し込みの件だけなら大場竜蔵と又十を捕らえれば一件落着だ。だが、それでは事件の背景がうやむやになってしまう。なぜ、『川津屋』の主人亀太郎と番頭が殺されねばならなかったのか。何か理由があるはずなのだ」

「そうですね。でも、大場竜蔵と又十以外に何かとっかかりはありますかえ」

「いや」

剣一郎は首を横に振り、

「強《し》いていえば、水川秋之進だ」

と、言い切る。

「水川さま？」

「あの者は陽炎一味の騒動に何らかの形で関わっているような気がする。陽炎一味の動きを予測出来たのは何かからくりがあったはずだ」

「陽炎一味の仲間だって言うんですかえ」

太助が驚いてきく。

「いや、あからさまな仲間ではない。奉行所与力としての矜持《きょうじ》は当然あるはずだ。ただ、当初から、秋之進に屈託《くったく》があったように思えた。そこに何かある」

剣一郎は事件解決の鍵は秋之進かもしれないと思った。

「秋之進に会って、じっくり話し合ってみる必要がありそうだ。太助」

「はい」

「今夜は遅いので明日の朝、秋之進の屋敷に行き、わしが至急会いたがっていると伝えてくれぬか。場合によっては、わしが足を運ぶと」

「わかりました」

「よし。部屋に上がろう」

「はい」

剣一郎と太助は部屋に上がった。と、同時に襖《ふすま》が開いて多恵が入ってきた。

「太助さん、よかった。あいにく西瓜《すいか》はないけど、おいしい水菓子があるの。待っててくださいね」

「いえ、あっしは」

太助が声をかけたが、多恵はもう部屋を出ていた。

「太助。たまには多恵に付き合ってくれ」

「へい」

太助は黙って頷いた。

ふと、外が暗くなった。雲が張り出したようだ。さっきまで、星が瞬いていた空は一変していた。

なぜか胸騒ぎがした。気のせいだと、剣一郎は自分に言い聞かせた。

翌朝、太助がやって来た。

ちょうど、剣一郎は朝餉をとり終えたばかりだった。

「どうした?」

「水川さまのお屋敷に行ったら、水川さまはすでにお出かけになられたということです」

太助が不思議そうに言う。

「出かけた?」

「はい。奉行所にではないようです。着流しに羽織姿だったそうですから。それより、同心の室谷もいっしょだそうです」

「室谷も……」

こんなに早く、どこに行ったのだろうか。

そこに京之進が駆け込んできた。

「青柳さま。何か様子が変です。北町の室谷どのが捕り方を伴《ともな》い、水川さまのお屋敷に向かったそうです」

「捕り方……」

いったい誰を捕縛しようとしているのか。

秋之進が動かなければならないことがあったのだろうか。『川津屋』の押し込み以降、秋之進は沈黙を貫いていた。

この間、他の懸案《けんあん》のことに向かっていたのか。しかし、秋之進が乗りだすほどのことならば南町にも何か伝わっているはずだ。

「何か想像がつくか」

剣一郎は京之進に訊ねる。

「いえ、今は陽炎一味の押し込み以外、大きな騒動はありません」

京之進は首をひねる。

「まさか」

剣一郎ははっとした。

「陽炎一味だ」

「陽炎一味とは、どういうことですか」

京之進は目を剝いた。

「わしの思い違いであって欲しいが、南町が捕り方を引き連れて乗り込むことは北町との確執を生むことになりかねない。ここはわしがひとりで乗り込む。あとの知らせを待て」

「はっ」

「太助、ついて参れ」

剣一郎は急ぎ外出の支度《したく》をしてから太助と共に屋敷を飛び出した。

半刻（一時間）余り後、剣一郎は小石川片町の牧野嘉兵衛剣術道場に辿《たど》りついた。玄関前に、室谷伊之助が待機していた。

「何事だ？」

剣一郎は声をかける。

「青柳さま」

室谷は微かに狼狽《ろうばい》の色を見せた。

「まさか、大場竜蔵と又十のことか」

「はい。ふたりが陽炎一味であることが明らかになって捕縛に参りました」

「水川どのは？」

「離れです」

「そなたたちは、なぜここにいるのだ？」

「水川さまが自分に任せるようにと」

「よし」

剣一郎は庭木戸を抜けて、離れに向かった。すると、張り詰めた空気が充満していた。

秋之進と大場竜蔵は互いに正眼に構えていた。剣一郎の登場に、秋之進は動揺したのか、ちらっとこっちを気にした。

その瞬間をとらえ、大場竜蔵が秋之進に斬りかかっていった。秋之進は迎え撃ち、激しく剣を交《まじ》えた。

やがて、秋之進が大場竜蔵を庭の樹まで追い詰め、胸元に剣を突き付けた。勝負あった。剣一郎がそう思ったとき、なぜか秋之進は刀を引いた。と、同時に大場竜蔵は最後の力を振り絞って秋之進に斬りかかった。

秋之進は落ち着いて横一文字に剣を薙《な》いだ。秋之進の剣は竜蔵の胴を裂いた。竜蔵は数歩前を行き、そのまま倒れた。

「大場どの」

剣一郎は大場竜蔵に駆け寄った。

肩を抱き起こし、

「『川津屋』の亀太郎と番頭を殺したのは誰の指示だったのか」

と、剣一郎は問いただした。

「こんなはずでは……」

竜蔵の声が消えた。

「こんなはずではなかったというのか」

「………」

竜蔵は口をあえがせたが、その後何も発することなく息絶えた。

剣一郎はやりきれない思いで竜蔵の体をそっと横たえ、瞼《まぶた》に手をやって閉じた。

そして、合掌《がつしよう》してから立ち上がった。

「又十は？」

剣一郎は問い詰めるようにきく。

「向こうです」

秋之進の示したほうに目をやり、剣一郎は唖然《あぜん》とした。又十が倒れていた。死んでいることは明らかだった。

「なぜ、生かして捕らえなかったのか」

剣一郎は秋之進に抗議した。

「青柳さま。相手が歯向かってきたのでやむを得なかったのです」

秋之進は平然と言い、

「しかしながら、このふたりは必ず死罪になりましょう。いずれ死ぬことには変わりなかったのです」

「違う。殺しの真相、そして黒幕を白状させなければならなかったのだ」

剣一郎は激しく言う。

「青柳さま。真相はただひとつ。陽炎一味の押し込みです」

「陽炎一味はまやかしだ。押し込みに見せかけた『川津屋』の主人殺しなのだ。水川どの、そなたはこのことをはじめから……」

「青柳さま。あれをご覧ください」

秋之進が離れの部屋を示した。剣一郎が目を向けると、障子が開け放たれた部屋に室谷が立っていた。

「青柳さま。行ってみましょう」

秋之進は先に立ち、土間に入った。剣一郎も続く。

部屋に上がると、室谷が、

「こちらです」

と、押し入れを開けた。

千両箱がふたつ置いてあった。

「『丹精堂』と『紅屋』から盗み取ったものです。箱にそれぞれの店の刻印があります」

室谷が話した。

剣一郎は千両箱の中身を調べた。小判がぎっしり詰まっていた。

「陽炎一味はすでに仲間割れで殺された文次と安七、そして大場竜蔵と又十の四人でした。わずか四人で大胆な押し込みを繰り返していたのです」

「その陽炎一味は偽者だ。それに賊は五人だったはず」

「青柳さま。お言葉を返すようではございますが、一味が五人というのは、確たるものではありません。六年前に解散した陽炎一味が今年になって復活したのです。以前は錠前破りの伊勢蔵という男がおりました。この伊勢蔵は青柳さまの手にかかり、牢獄で果てました。伊勢蔵が捕まったあと一味が解散したのは、陽炎一味の頭目が伊勢蔵だったからではありますまいか」

違う、頭は市蔵という男だと口に出かかったが、そのことを話すわけにはいかなかった。

「おそらく、残った四人の中で、大場竜蔵が頭目となり押し込みをはじめたのです。竜蔵が頭目となって、陽炎一味は凶悪になったのです」

「……水川どの。そなたはどういう役割を負っていたのだ？」

「なんのことか、私にはわかりませんが」

「そなたは老中磯部相模守のご家来と池之端仲町の料理屋で会っていたが、どういう用件だったのだ？」

「はて、何か誤解をされているのではないでしょうか。私が会っていたのはある商家の者。相模守のご家来と会っていたことはありません」

「否定なさるのか」

「違うものは違うと言うしかありません」

秋之進は口元を歪めた。

「そうか」

そこに、小者が土間に入ってきて室谷に何事か囁いた。

室谷が秋之進のそばにきて、

「大八車が着きました」

秋之進は頷き、

「青柳さま、ふたりの亡骸《なきがら》を北町に運ぼうと思います」

と、声をかけた。

「わかった」

答えてから、

「水川どの。ひとつ、教えてもらいたい」

と、剣一郎は声をかけた。

「なんでしょう」

「水川どのが大場竜蔵と又十に目をつけたのはどうしてでござるか」

「じつは、『川津屋』に根付《ねつけ》が落ちていたのですよ」

「根付？」

「陽炎一味のひとりが落としたのかもしれないと思い、常に持ち歩き、小間物屋があれば訊ねたりしていたのです。そしたら、持ち主を知っているという者が現われましてね。その持ち主が、又十だったというわけです」

「最初から又十だと知っていたのではないのか」

「まさか」

秋之進は苦笑し、

「では」

と、亡骸を運ぶことにかかった。

剣一郎は愕然《がくぜん》とするしかなかった。まさか、こういう形で秋之進が乗りだしてくるとは想像さえしていなかった。

「青柳さま」

太助が憤然としていた。

「水川秋之進は嘘をついてますぜ。料理屋で会っていたのは相模守の家来です」

「うむ。しかし、もはや何を言っても無駄だ。秋之進にしてやられた」

剣一郎は呻《うめ》くように言う。

このままでは『川津屋』の亀太郎と番頭が殺された真の理由が闇《やみ》に葬《ほうむ》られる。

加賀藩に絡む陰謀で殺されたということを明らかにすることは出来ない。

大場竜蔵の亡骸が戸板に載せられて運ばれて行く。

道場のほうから門弟たちが覗いている。太助をそこに残し、剣一郎は道場主の牧野嘉兵衛に会った。

「まさか、大場竜蔵が押し込みの頭目だったとは……」

嘉兵衛は呆然《ぼうぜん》と言う。

「大場竜蔵は西国のほうに主家があると言っていましたが、ほんとうは加賀藩の者ではありませんか」

剣一郎は嘉兵衛の目を見つめる。

「本人は否定していましたが、加賀藩に関わりがあると思っていました」

「それはどういうわけですか」

「加賀藩の門弟と金沢の話を楽しそうにしていたのを見たことがあります。その門弟は加賀藩の浪人だと思い込んでいましたから」

「又十は大場竜蔵と親しいようですね」

「長い付き合いがある様子でした。又十は加賀の出です」

「ひょっとして、『難波屋』の房吉と又十は？　口入屋によると、あなたが房吉の請人のようですね」

「ええ、ふたりは親しかったのです。請人については、又十から頼まれまして……」

「そうですか。わかりました。失礼いたします」

剣一郎は嘉兵衛の前を去り、再び離れのほうに行った。すでに、又十の亡骸も門の外に停めてある大八車に載せられていた。

秋之進や室谷に付き添われ、大場竜蔵と又十の亡骸を載せた大八車が遠ざかって行くのを、剣一郎は怒りのこもった目で見送っていた。

五

奉行所に出仕し、さっそく剣一郎は宇野清左衛門と年番方与力詰所の隣の部屋で差し向かいになって経緯を話した。

清左衛門は顔色を変えて聞いていた。剣一郎が話し終えたあと、清左衛門は憤慨し、

「奉行所与力ともあろうものが陽炎一味を操っていたと思われても仕方ない動きをすること自体、言語道断《ごんごどうだん》」

と、吐き捨てた。

「ただ、水川秋之進は偽の陽炎一味の面々を知っていたとは思えないのです。知っていて、押し込みを見逃したとは思えません。そこまで、堕落《だらく》してはいないでしょう」

「しかし、陽炎一味の動きを事前に知っていたのではないか」

「じつは今回の秋之進は以前と異なり、屈託があるような印象だったのです。それに、最初から大場竜蔵と又十を始末するつもりだったら、私を探索に引きずり込む必要はなかったはずです」

「青痣与力との手柄争いに勝ったと世間に思わせたかったからではないのか。最初から陽炎一味を知っているのだから、勝つのは当然だ」

清左衛門は顔をしかめて言う。

「もし、そういう腹積もりで私を引き入れたのなら、秋之進はもっとふてぶてしかったと思うのです。私を誘ったときの秋之進の様子は何か苦しんでいるような印象でした」

「わからぬな」

清左衛門は首を傾げ、

「当然、そのときもこのような結末を考えていたのだろうな。まさか、途中で考えが変わったわけではあるまい」

「途中で考えを変える？」

清左衛門の言葉に、剣一郎はひっかかった。

「そうか」

剣一郎はある考えを持った。

「宇野さまのおっしゃるように、最初からこの結末は考えていなかったでしょう。目的を達したあと、陽炎一味はまたぴたっと動きを止める。そういう手筈《てはず》だったのではないでしょうか。だが、途中で事情が変わった」

「何かあったのか」

清左衛門は身を乗りだした。

「おそらく、秋之進の役割は偽の陽炎一味の押し込みを側面から手助けすることだったのでしょう」

「なぜ、秋之進はそんなことを引き受けたのか。誰がそのようなことを秋之進にさせたのだ？」

「老中磯部相模守さまです。秋之進は先日、相模守さまの家来とこっそり会っていました。つまり、相模守さまの命令で陽炎一味を手助けしていたのでしょう。その一番の作業は押し込みの探索に南町を関わらせないこと、すなわち現場に北町が真っ先に駆けつける。そうして、陽炎一味の探索は北町だけで行う」

「うむ」

「秋之進にとっては屈辱《くつじょく》以外の何物でもありません。老中の命令なので渋々引き受けたが、秋之進にとってはいやでいやでたまらなかった。そして、二番目の『紅屋』の押し込みで番頭が殺された。このことは秋之進にとって青天の霹靂《へきれき》だったのではないでしょうか」

「秋之進は殺しはないと聞いていたのに、約束が違うというわけか」

清左衛門は秋之進の気持ちを想像した。

「そうだと思います。でも、秋之進はおりるわけにはいきません。そこで、秋之進はある企みを持ったのです」

剣一郎はその企みについて想像した。

清左衛門は剣一郎の話が終わるのを待って、

「秋之進は己の矜持を守るために、青柳どのを利用したというわけか」

と、眉間《みけん》に皺《しわ》を寄せた。

「それが真実かどうか、秋之進に確かめてみます」

剣一郎が厳しい顔で言う。

「いずれにしろ、今回の件は陽炎一味の押し込みとして始末されそうだな」

清左衛門は怒りを抑えて言ったあと、

「それより、長谷川どのだ」

陽炎一味の探索に剣一郎が加わることになったとき、長谷川四郎兵衛はこう言った。

——青柳どの。これは南町と北町の闘いでもある。向こうに後れをとることは許されぬ。もし、敗れたとあらば、青柳どのにはそれなりの責任をとっていただく、と。

清左衛門はそのことを口にして憂鬱そうな顔になった。

「仕方ありません。大場竜蔵と又十を殺しにかかるとまで予期できなかったのは私の落ち度です。どのような非難も甘んじてお受けいたします」

「ばかな」

清左衛門はやりきれないように叫んだ。


翌日の昼過ぎ、剣一郎は鎌倉河岸にあるそば屋の二階で秋之進を待った。剣一郎が到着してから四半刻は経った。

それからしばらくして、ようやく秋之進がやって来た。

「申し訳ございません。陽炎一味に関する一件の書類の作成に手間取りまして」

秋之進は平然と言う。

「真実を書けないから苦労するな。お察しいたす」

剣一郎は皮肉を込めて言う。

秋之進は冷笑し、

「青柳さま。あまりゆっくりはしておられません。ご用件を」

と、促した。

「されば」

剣一郎は居住まいをただし、

「今回の偽の陽炎一味の件について、わしなりに水川どのの置かれた状況やそのときの心持ちを推《お》し量《はか》ってみた。それが当たっているかどうか、感想を伺いたいと思ったのです」

「ほう、何を今さらという気もしますが」

秋之進はうんざりした顔をした。

剣一郎は構わず続けた。

「今回の件、水川どのは最初から陽炎一味のことは知らされていたはず。その相手は老中磯部相模守さまのご家来」

「さっそく異論がありますが、まず青柳さまの言い分をお聞きしましょう」

「相模守さまのご家来はある事情から『川津屋』の主人亀太郎と番頭に死んでもらわなくてはならなくなった。ただ、殺せばいろいろな勘繰《かんぐ》りが入る。そこを避けるために、陽炎一味の押し込みの犠牲になったことにしなければならない。そう水川どのは話を持ち掛けられたのです」

「なるほど」

秋之進は余裕の笑みを浮かべた。

「陽炎一味の筋書きを誰が考えたかは、ここでは置いておいて、水川どのの立場から話を進めよう」

そう言い、剣一郎は続ける。

「まず、水川どのがやるべきことは押し込み現場に北町を先に到着させること。そのために怪しい煙草売りの男を登場させて、押し込み先を予測してみせた。それで、『丹精堂』と『紅屋』の二軒とも、南町より先に北町が到着した。だが、思わぬことが起きた。『紅屋』の番頭が殺されたのです。水川どのにとっては衝撃だった。殺しは『川津屋』の主人亀太郎と番頭のふたりだけで、他の者には一切危害を加えないという約束だったからだ。それが破られたのは、水川どのにとって与力としての矜持を踏みにじられる想いだったに違いない」

「………」

はじめて秋之進の表情から笑みが消えた。

「水川どのは相模守さまのご家来からもうひとつとんでもない指図を受けていた。『川津屋』の押し込みを最後に、陽炎一味は姿を晦《くら》ます。つまり、陽炎一味を捕まえられぬまま幕引きになるという、水川どのにとっては屈辱的なものだった。陽炎一味は六年前に盗みを止めている。今回も、陽炎一味はあっさり押し込みを止める。そういう手筈だった。だが、ひとを殺した一味を許してはおけないという正義感が水川どのに沸き起こった。かといって、相模守さまの命令に逆らうことは出来ない。そこで編み出したのがわしを探索に加えることだった」

剣一郎は息継ぎをして続けた。

「そなたは相模守さまのご家来にこう言った。ひと殺しを捕まえられなかった汚名をひとりで着るのは我慢ならない。せめて、青痣与力も道連れにしたいと。それなら納得すると、水川どのは迫ったのでしょう。ただし、『川津屋』のある箱崎町は北町が受け持つことにして、押し込みには影響が及ばないようにした」

剣一郎は言葉を切って、秋之進の表情を窺《うかが》った。笑みはすっかり消えている。

「しかし、水川どのの狙いは別にあった。わしが陽炎一味を追い詰めることを期待したのだ。そう、水川どのは陽炎一味に誰がいるかはまったく聞かされていなかった。ただ、陽炎一味の動きだけを相模守さまのご家来を通じて聞いていただけだった」

秋之進の表情に余裕はすっかりなくなっていた。

「そなたの思惑《おもわく》どおり、わしは偽の陽炎一味を追い詰め、大場竜蔵と又十に目をつけた。そこで、水川どのは相模守さまのご家来を脅した。このままでは陽炎一味は青痣与力に捕まる。そうしたら、真相が暴かれてしまうかもしれないと」

「ばかな……」

秋之進はやっと口を開いた。

剣一郎は無視して続ける。

「それで、ご家来は相模守さまに相談し、水川どのの考えに任せることになった。そこで、はじめて偽の陽炎一味について説明を受けた。頭目は大場竜蔵だ。また、陽炎一味を思いついたのは突然に動きをやめるという過去があっただけでなく、おそらく、又十あたりが賭場で陽炎一味の仲間だった文次と安七に出会ったからであろう。ともかく、水川どのは大場竜蔵と又十を殺すことの許しを得た……」

「青柳さま。いろいろお話しくださいましたが、その証がございますか」

秋之進は静かに言い返す。

「ない。すべては、わしの想像だ」

「それでは仕方ありませんね」

秋之進はほっとしたように、

「世間が青柳さまの言うことをどうとらえるでしょうか。私に先を越された悔しさから作り話をしていると思われるのではありませんか」

「そなたこそ、お天道さまに顔向け出来るのか、『川津屋』の亀太郎と番頭殺しの真相をつかもうとしないことに何も後ろめたさを感じないのか」

「それは青柳さまの想像でしかありません。私は単なる押し込みと考えておりますので、自分のやったことはどこも間違えていないと思っています」

「そうか。ひとつ教えてもらいたい。水川どのは相模守さまのご家来と頻繁《ひんぱん》に会っていたことを認めるか」

剣一郎は強い口調できく。

「会ってはいましたが、青柳さまが考えるような理由からではありません」

「どんな用か」

「ひとさまにお話しするようなものではありませんので」

秋之進は頭を下げた。

「水川どの。町奉行所は権力者や武士のためにあるものではない。常にわしは、与力という者は、江戸の町で暮らす人々の安全を守り、平穏な暮らしを陰で支える役割を担《にな》っていると思っている。また、そうありたい。力のある者に寄り添うのではない、弱者に寄り添う、それが町奉行所の与力であり同心だ」

「…………」

「そなたが相模守さまと懇意《こんい》にしたり、加賀藩のどなたと親しくなされようと、常に弱者の味方であってもらいたい」

「胸に刻んでおきまする」

秋之進は頭を下げた。

「では、失礼いたす」

剣一郎は立ち上がり、

「そうそう、わしは今回の件をこのままに済ますつもりはない。このままでは『川津屋』の主人亀太郎と番頭、そして『紅屋』の番頭の無念は晴れぬ。わしは最後まで闘うつもりだ。相模守さまにそうお伝えをしてもらいたい」

そう言い、剣一郎は部屋を出た。

剣一郎は鎌倉河岸から千駄木町に向かった。


団子坂の途中から八百屋や下駄屋が並んでいる通りに入り、奥まで行く。突き当たりは田畑で、その手前に古い家があった。

剣一郎は戸を開け、奥に向かって声をかける。すぐに小柄な卯平が出てきた。

「青柳さま。よくいらっしゃってくださいました。さあ、どうぞ」

「うむ」

剣一郎は腰から刀を外して部屋に上がった。

奥の部屋に行くと、市蔵がふとんの上に半身を起こした。

「無理しないでいい」

剣一郎はあわてて言う。

「へえ、だいじょうぶです」

市蔵は肋骨が浮き出た痩《や》せた胸を隠すように胸元を直し、

「卯平が来てくれてから体の具合もいいんです。医者がびっくりするほどです」

「そうか。それはよかった」

腰を下ろして、剣一郎はほっとしたように言う。

「卯平も元気そうだ」

卯平の顔色もよく、穏やかな雰囲気が漂っていた。

開け放たれた障子から庭を見る。かなたに寛永寺の五重塔が望め、その上に細い雲が浮かんでいた。

「心地よい風が入ってくる。秋が近いな」

剣一郎は目を細めて言う。

「何か困ったことがあれば、なんなりと申せ。ときたま、太助を寄越すのでな」

「ありがとうございます。じつは昨日も太助さんが来てくださいました。いろいろ、片づけとかやってくださいます」

「そうか。太助が来たか」

剣一郎は微笑んだ。

卯平が茶をいれてもって来た。

「すまぬ」

剣一郎は湯呑みを持った。口に含むと甘い香りにまろやかな味わいが広がる。

「これは」

と、卯平を見た。

「はい。青柳さまにぜひと申していた宇治の茶でございます」

「うまい」

剣一郎はいっきに飲み干した。

「馳走《ちそう》になった。また、折りをみて、茶を馳走になりにくる」

大事にしろと市蔵に言い、剣一郎は立ち上がった。

「青柳さま」

市蔵が真剣な目で呼びかけた。

「何かあっしに御用が？」

「いや。いいのだ。気にするな」

せっかく平穏に暮らしている市蔵と卯平に酷《こく》な申し入れをしようとした自分に、剣一郎はじくじたる思いがした。

「青柳さま。偽の陽炎一味のことは太助さんからお聞きしました。北町は偽の陽炎一味を本物として片づけようとしているそうですね」

「うむ、だが、真実をきっと明らかにしてみせる」

「青柳さま。どうか、あっしらを遠慮なくお使いください」

　市蔵がまっすぐな目を向けた。

「昨夜、お頭と十分に考えて決めました」

　卯平も口を出した。

「ふたりを陽炎一味の残党として捕まえてください。そうすれば、北町が始末した陽炎一味が偽者だとわかります」

「だめだ。そなたたちには静かに余生を楽しんでほしい。確かに、わしはそなたたちの力を借りようとした。だが、それは間違っていた」

「いえ。このままでは陽炎一味の名誉に関わります。決してひとを傷つけない、そうやってきた陽炎一味が平然とひと殺しをしたことになってしまいます、それでは死んだ伊勢蔵に申し訳がたちません。あっしらが作った陽炎一味の体面を守るためにもどうかあっしらを使ってください」

　市蔵が訴えた。

「市蔵。そなたは畳の上で死ねると喜んでいたのではなかったのか。その願いが……」

「このまま畳の上で死んでも、あの世で伊勢蔵に合わせる顔がありません。文次と安七にしても、利用されたんです。あっしら陽炎一味の名を汚そうとした連中をこのままにしちゃおけません、青柳さま、どうか、あっしらをお縄に……」

「青柳さま。どうぞ、このとおりです。私らの名を騙って押し込みをした連中の正体を暴いてください。それが、私らの願いです」

卯平も頭を下げた。

ふたりを南町で取り調べれば、南町で偽の陽炎一味の再取調べが可能になろう。北町に強引に幕引きを図られたものが再び息を吹き返す。

だが、ふたりを前に剣一郎は迷った。

「青柳さま。どうかあっしらの頼みをお聞き入れください」

市蔵は痩せさらばえた姿で訴えた。

「そなたを畳の上で死なせてやりたかった」

剣一郎は呟いて、

「わかった。その代わり、必ずや陽炎一味の面目《めんもく》を守り、真相を暴いてやる」

「ありがたいことです」

「わしが捕まえるのではなく、卯平、そなたが南町に自訴するのだ。よいな」

「本当にありがとうございます」

ふたりは深々と頭を下げた。

数日後の夜、剣一郎の屋敷に京之進がやって来た。

「青柳さま。北町は一件落着したはずの、陽炎一味の件がひっくり返って混乱しているようです」

卯平は南町に自訴し、卯平の訴えから千駄木町にいる市蔵も牢屋敷の病舎に移された。

「これがはじまりだ。『川津屋』の主人と番頭殺しの真相がわかったわけではない」

「はい。必ず真相に辿り着いてみせます」

京之進が闘志を漲《みなぎ》らせて引き上げると、庭先に太助が悄然《しょうぜん》と立っていた。

「どうした?」

剣一郎は訝《いぶか》った。

「あっしが卯平さんと市蔵さんによけいなことを話したばかりに、おふたりは……。あんな話をしなければ、ふたりは静かな余生を過ごせたのです」

太助はやりきれないように言う。

「太助。わしはふたりに自訴してもらおうとした。その説得のために千駄木町の家を訪れたのだ。だが、言えなかった」

剣一郎はふっと息を吐き、

「ふたりはわしの気持ちを察し、自訴することになったのだ。陽炎一味の名を汚そうとした連中をこのままにしておいては伊勢蔵たちに合わせる顔がないと言ったのは口実だ。わしがふたりを自訴に追い込んだのだ。太助のせいではない」

「…………」

「わしらに出来ることは、ふたりが生きている間に、偽の陽炎一味を操っていた人物を探り出し、『川津屋』の主人と番頭殺しの真相を暴き出すことだ」

「はい」

太助は大きく頷いた。

ふと、庭の植込みから鈴虫の音が聞こえてきた。

「暑かった夏も終わりだ」

ふと剣一郎の脳裏を水川秋之進との攻防のひとこまひとこまが掠めた。

その思いを中断するように、多恵の声が聞こえた。

「太助さん、いらしていたのね」

我に返った剣一郎は、

「太助、久しぶりに酒を酌《く》み交わそう」

と、誘った。

「へい」

太助は弾んだ声で答える。

「酒肴《しゅこう》の支度を」

剣一郎が言うと、多恵もうれしそうに部屋を出て行った。

虫の音を聞きながら太助と酒を酌み交わす。

この酒は、己の意地を捨てず最後まで盗っ人としての誇りを保ち続けようとするふたりに捧げる酒だった。

太助の目に涙が光ったように見えた。

一〇〇字書評

切・り・取・り・線

購買動機（新聞、雑誌名を記入するか、あるいは○をつけてください）	
□（　　　　　　　　　　）の広告を見て	
□（　　　　　　　　　　）の書評を見て	
□ 知人のすすめで	□ タイトルに惹かれて
□ カバーが良かったから	□ 内容が面白そうだから
□ 好きな作家だから	□ 好きな分野の本だから

・最近、最も感銘を受けた作品名をお書き下さい

・あなたのお好きな作家名をお書き下さい

・その他、ご要望がありましたらお書き下さい

住所	〒				
氏名		職業		年齢	
Eメール	※携帯には配信できません	新刊情報等のメール配信を 希望する・しない			

この本の感想を、編集部までお寄せいただけたらありがたく存じます。今後の企画の参考にさせていただきます。Eメールでも結構です。

いただいた「一〇〇字書評」は、新聞・雑誌等に紹介させていただくことがあります。その場合はお礼として特製図書カードを差し上げます。

前ページの原稿用紙に書評をお書きの上、切り取り、左記までお送り下さい。宛先の住所は不要です。

なお、ご記入いただいたお名前、ご住所等は、書評紹介の事前了解、謝礼のお届けのためだけに利用し、そのほかの目的のために利用することはありません。

〒一〇一－八七〇一
祥伝社文庫編集長　坂口芳和
電話　〇三（三二六五）二〇八〇

祥伝社ホームページの「ブックレビュー」からも、書き込めます。

www.shodensha.co.jp/
bookreview

祥伝社文庫

蜻蛉《かげろう》の理《ことわり》　風烈廻《ふうれつまわ》り与力《よりき》・青柳剣一郎《あおやぎけんいちろう》

令和 元 年 10 月 20 日　初版第 1 刷発行

著　者　小杉健治《こすぎけんじ》
発行者　辻　浩明
発行所　祥伝社《しょうでんしゃ》
東京都千代田区神田神保町 3-3
〒 101-8701
電話　03（3265）2081（販売部）
電話　03（3265）2080（編集部）
電話　03（3265）3622（業務部）
www.shodensha.co.jp

印刷所　堀内印刷
製本所　積信堂
カバーフォーマットデザイン　中原達治

 ISBN978-4-396-34571-6 C0193

〈祥伝社文庫　今月の新刊〉

長岡弘樹
時が見下ろす町
『教場』の著者が描く予測不能のラストとは。変わりゆく町が舞台の心温まるミステリー集。

草凪　優
ルーズソックスの憂鬱《ゆううつ》
官能ロマンの傑作誕生！　復讐の先にあった運命の女との史上最高のセックスを描く。

笹沢左保
殺意の雨宿り
四人の女の「交換殺人」。そこにあったのはたった一つの憎悪。予測不能の結末が待つ！

門田泰明
汝《きみ》よさらば（三）　浮世絵宗次日月抄
浮世絵宗次、敗れたり――上がる勝鬨の声。栄華と凋落を分かつのは、一瞬の太刀なり。

小杉健治
蜻蛉《かげろう》の理《ことわり》　風烈廻り与力・青柳剣一郎
罠と知りなお、探索を止めず！　凶賊捕縛に乗り出した剣一郎を、凄腕の刺客が襲う！

武内　涼
不死鬼《ふしき》　源平妖乱
平清盛が栄華を極める平安京に巣喰う、血を吸う鬼の群れ。源義経らは民のため鬼を狩る。

長谷川　卓
野伏間《のぶすま》の治助《じすけ》　北町奉行所捕物控
市中に溶け込む、老獪な賊一味を炙り出せ！　八方破れの同心と、偏屈な伊賀者が走る。

鳥羽　亮
迅雷《じんらい》　介錯人・父子斬日譚
頭を斬り割る残酷な秘剣――いかに破るか？　野晒唐十郎とその父は鍛錬と探索の末に……。

宮本昌孝
ふたり道三（上・中・下）
乱世の梟雄斎藤道三はふたりいた！　戦国時代の礎を築いた男を描く、壮大な大河巨編。

有馬美季子
はないちもんめ　梅酒の香《か》
誰にも心当たりのない味を再現できるか――囚われの青年が、ただ一つ欲したものとは？